Etoile

MARIE-CLAUDE PIETRAGALLA

Étoile

tome 3 : Le feu sacré

Sur une idée d'Olivia de Dieuleveult
et avec la collaboration de Kidi Bebey

Michel Lafon

118, avenue Achille-Peretti – CS 70024
92521 Neuilly-sur-Seine Cedex

www.lire-en-serie.com

Loi n°48-956 du 17 juillet 1949 sur les publications destinées à la jeunesse

Dès son plus jeune âge.
Marie sait qu'elle veut danser.
Elle va vivre sa passion pour
la Danse, dans l'une des plus
belles institutions françaises,
l'Opéra de Paris.
L'apprentissage sera long, mais
la route est belle, parsemée de
rencontres, d'aventures et d'émotion.

Très bonne lecture.

MC Pietragalla

Résumé du tome 2

C'est la rentrée...

Marie Pietro commence sa formation de petit rat à l'Opéra de Paris et retrouve ses amies Émilie et Elsa Golovinoff, les inséparables jumelles avec qui elle partage sa chambre, mais aussi sa grande rivale, Aurore Bessier… toujours prête à tout pour lui mettre des bâtons dans les roues !

Quand, en cours d'anglais, le professeur lui demande de se lancer dans une danse improvisée avec un camarade qu'elle n'avait encore jamais rencontré, la jeune élève tombe sous le charme de son partenaire. Et, le comble, c'est qu'il s'appelle Lancelot… et c'est ainsi que Marie avait surnommé son journal intime ! Persuadée qu'il s'agit d'un signe, la jeune fille se confie à ses amies, qui remarquent bien qu'elle en pince pour Lancelot.

Un jour, Marie ressent le besoin de se retrouver seule, à l'air libre… Et quel meilleur endroit que le toit pour souffler un peu ? La danseuse s'isole alors dans ce lieu interdit avec pour tout témoin son journal. Du moins, c'est ce qu'elle croit, car nulle autre que cette pimbêche d'Aurore l'attend à son retour, menaçant de la dénoncer à la directrice pour avoir enfreint les règles strictes de l'Opéra.

Ce faux pas risque de lui coûter sa place sur scène au gala de fin d'année, or Marie s'est tellement entraînée pour ce grand jour ! Heureusement pour elle, mademoiselle Renucci a décidé de se montrer clémente et d'accepter de ne pas priver la jeune danseuse de son moment de gloire, se contentant de lui confier des corvées de balayage. L'heure est donc venue pour Marie de briller…

Les personnages

Marie Pietro : La jeune fille évolue au sein de la prestigieuse institution de l'Opéra de Paris. Chaque jour rapproche un peu plus le « petit rat » de son grand rêve : devenir danseuse étoile !

Tina : La meilleure amie de Marie habite en Corse. À la suite d'un grave accident de cheval, la jeune fille avait perdu l'usage de ses jambes, mais pas son sens de la repartie ! Elle et Marie passent des heures au téléphone, à se raconter leurs aventures respectives.

Elsa Golovinoff : Sœur jumelle d'Émilie, elle est l'une des meilleures amies de Marie. Pleine d'humour, elle a du mal à se conformer à la discipline de la danse classique avec son tempérament de feu !

Émilie Golovinoff : Sœur jumelle d'Elsa, elle est l'une des meilleures amies de Marie. Plus sérieuse que sa sœur, elle est très calme, posée, et a toujours un bon conseil à partager.

Aurore Bessier : Ennemie jurée de Marie, elle a pris cette dernière ainsi que ses amies les jumelles en grippe et serait prête à tout pour leur mettre des bâtons dans les roues. Son surnom « TTPPQ » est l'acronyme de « Tu te prends pour qui ? », la réplique préférée d'Aurore.

Lancelot : Camarade de classe de Marie à l'Opéra, il est passionné de danse et de voyages. Bizarrement, bien avant de le connaître, Marie avait baptisé son journal intime Lancelot… Serait-ce une sorte de signe ?

Claude Bessier : Aussi appelée « La Grande Mademoiselle », elle est la directrice de la danse à l'Opéra Garnier. C'est elle qui supervise l'internat des petits rats. Elle est aussi la tante d'Aurore, mais ne lui accorde aucun traitement de faveur.

Mademoiselle Renucci : La directrice administrative de l'Opéra ne se laisse pas marcher sur les pieds, et qui s'y frotte s'y pique ! Les jumelles la surnomment d'ailleurs « le Cactus »…

Cyril Asnatoff, Christine Baussard : Danseurs mondialement connus, ils font partie des professeurs de Marie à l'Opéra.

Jeanne Pietro : La mère de Marie est très douce et a eu beaucoup de mal à laisser partir « son petit poussin » du nid familial.

Jacques Pietro : Le père de Marie l'a toujours encouragée à poursuivre ses rêves. Il est pour sa fille d'un soutien infaillible.

Ludmilla Golovinoff : La mère des jumelles est une ancienne danseuse étoile d'origine russe.

1

– Adage. Plié seconde… Tes pieds, plus en dehors que ça… Et relevé. Et le port de bras… Ouiii ! Noooooon… Qu'est-ce que c'est que ces mains ? Je veux qu'elles caressent l'air. Ce ne sont pas des hélices d'avion… Voilà ! C'est ça. C'est beaucoup plus joli ! Ce n'était pas si compliqué…

Marie ignorait pourquoi elle était la seule danseuse au milieu de la pièce. Un grand miroir occupait le mur devant elle et lui renvoyait son reflet : une image pitoyable. De sa tunique, d'un vert caca d'oie délavé, pendait lamentablement un volant de tulle à moitié troué. Où avait-elle pris cette tenue ? Elle l'ignorait. Et où étaient donc passées les autres élèves ?

– Et un, et deux. Ne crispe pas la tête… Ne bascule pas le bassin. Tiens ton dos, tiens ton dos… Efface-moi cette omoplate ! Et les épaules, ne hausse pas les épaules, voyons ! Allons, qu'est-ce que c'est que ça ? On regarde devant soi et un et deux. Et on passe en quatrième position. Et on reprend et un… et deux… Et relevé…

Le professeur se tenait à quelques pas d'elle, mais il criait comme s'il s'était trouvé à une distance de plusieurs mètres. C'était un drôle de bonhomme, tout rond, étrangement vêtu d'une cape noire sur un pourpoint rayé blanc et noir qui faisait penser à un costume d'arlequin. Il portait également un pantalon assorti, glissé dans une paire de bottes. Son regard perçait sous des sourcils épais et broussailleux. Comment pouvait-on porter une cape noire pour enseigner la danse ? Comment pouvait-on crier et bougonner sans cesse, comme le faisait cet étrange personnage ? Comment pouvait-il aussi avoir un ventre…

bedonnant ? C'était pourtant bien cela : il avait un ventre bedonnant. C'était un farfadet ! Pas un professeur de danse, mais un farfadet, songea Marie un instant. Mais elle n'avait pas la force d'en rire. Depuis plusieurs minutes, elle souffrait le martyre sous les ordres du professeur, reprenant sans cesse les exercices demandés. Elle eut soudain une drôle de sensation au bout du pied. Elle jeta un rapide coup d'œil. Horreur ! Son chausson droit était troué et découvrait son gros orteil. Mais était-ce bien son orteil qui pointait ainsi ? On aurait plutôt dit… Mon Dieu, non ! Elle poussa un cri. Un ver ! Un ver de terre commençait à sortir de son chausson de danse. Un ver de terre aussi long que… aussi long que… Au secours ! Un serpent ! Comment un reptile de cette taille avait-il pu se loger dans son chausson de danse ? D'un geste brusque, la jeune danseuse arracha son chausson et le lança de toutes ses forces loin d'elle.

– Reprends-le ! ordonna le professeur.

Lui demandait-il de récupérer le chausson ou de recommencer l'exercice ? Avec un pied chaussé et l'autre nu, Marie avait désormais l'impression d'avoir totalement perdu l'équilibre. Une terreur sans nom la gagnait. La musique était jouée par un pianiste invisible. Elle pouvait voir, pourtant, les touches du clavier s'enfoncer les unes après les autres. Puis la mélodie devint sombre. Pour finir, elle sembla même dérailler, le piano délivrant des fausses notes à un rythme accéléré.

– Plié… sauté…

Marie s'élança, sauta le plus haut possible… et en profita pour s'envoler ! Son mouvement la fit décoller du sol et passer l'instant d'après par la fenêtre. Elle se retrouva soudain dans le ciel, à planer au-dessus d'une ville qui ressemblait fort à Paris. Oui, c'était bien Paris, avec la tour Eiffel là-bas, au loin. La brise, légère, était si agréable après l'atmosphère confinée de la salle de danse ! Sa tunique s'était miraculeusement transformée en un tutu blanc et vaporeux dont ses bras et ses jambes émergeaient, fins et délicatement musclés. Elle était chaussée de pointes de satin blanc. Seuls ses cheveux n'étaient pas coiffés de manière réglementaire : ils flottaient sur ses épaules et avec légèreté. En regardant en dessous d'elle, Marie aperçut le visage furieux du professeur à la cape noire. Poing en avant, penché à l'une des fenêtres du palais Garnier, il semblait proférer des jurons à son encontre. Mais ces vociférations ne parvinrent qu'à faire sourire Marie. Le ciel venait de se dégager.

Une lumière douce éclairait la jeune ballerine qui voguait enfin avec grâce dans une bulle de tranquillité. Elle se laissa gagner quelques instants par la tiédeur de l'air et d'un battement de bras s'éloigna avec confiance vers son destin. Mais, bientôt, un nuage gris et froid s'interposa sur sa route. Ne pouvant l'éviter, Marie y pénétra avec crainte et se mit aussitôt à grelotter. Elle traversa le nuage et se mit à dégringoler vers le sol. La trêve bienheureuse avait été de courte durée…

2

Lundi 14 septembre

Émergeant toute frissonnante de ses mauvais rêves, Marie ouvrit un œil et, étonnée du silence qui régnait dans la chambre, tourna la tête vers son gros réveil rose. Les battements de son cœur accélérèrent aussitôt. Comment avait-elle pu dormir aussi longtemps ? Pourquoi personne ne l'avait réveillée ? La nuit n'avait été qu'une succession de cauchemars dont elle sortait chaque fois plus assommée qu'avant. Non loin du sien, les lits de ses deux amies, les jumelles Elsa et Émilie Golovinoff, étaient vides. Marie les avait vaguement entendues se lever sur la pointe des pieds et se préparer sans bruit. Leurs visages interrogatifs, penchés sur elle, lui revinrent à l'esprit. Ses amies l'avaient appelée – Marie s'en souvenait maintenant –, avant, sans doute, de laisser tomber.

Les cours commençaient à huit heures et on approchait déjà des dix heures et demie. En faisant vite, elle pourrait arriver pour la leçon de danse de onze heures. Pas le temps d'aller prendre une douche ! Louper des cours le jour de la rentrée, ça la fichait vraiment mal ! Marie bondit hors de son lit et se précipita vers ses affaires. Vite ! *« Mes cheveux... zut ! Je suis coiffée en pétard ! »* Elle se prépara en un temps record, enfilant soigneusement ses collants avant de se glisser dans sa tunique rose toute neuve. Ses demi-pointes de cuir, au cou-de-pied barré d'un élastique plat, ainsi que le bandeau qui retenait son chignon avaient la même couleur dragée que ce justaucorps bordé d'un volant léger. Une couleur pleine de sens car elle permettait à tout le monde de savoir, au premier coup d'œil, que Marie était élève en sixième division à l'École de danse de l'Opéra. Quelques mois plus tôt, elle n'était encore qu'une élève-stagiaire. Aux côtés de ses camarades, elle avait dû suivre des cours durant six mois de travail intense sans savoir si elle pourrait continuer l'année suivante. Aussi, Marie ne s'était pas ménagée une seule minute. Tout à son objectif, elle s'était donnée à fond, acceptant presque sans broncher les commentaires négatifs des professeurs et les règles de discipline du palais Garnier. Heureusement, au mois de juin, l'examen de fin d'année avait confirmé ses qualités. À dix ans et demi, Marie faisait désormais officiellement partie des « petits rats » de la maison.

Un nouveau coup d'œil au réveil la prit de court.

« Un petit rat fichtrement en retard ! » pensa-t-elle en se mordant les lèvres.

Elle devait absolument se dépêcher si elle ne voulait pas louper le dernier cours de la matinée ! Pourtant elle n'arrivait pas à faire vite. Elle ne se sentait toujours pas bien et ressentait même un certain vertige. Comment pouvait-elle être si fatiguée dès le premier jour de classe ? Elle l'ignorait. Certes, elle s'était couchée tard, la veille au soir, incapable d'arrêter de discuter avec ses amies. Il était si excitant de se retrouver ainsi ensemble, en cette rentrée. C'était tout simplement formidable ! Elles s'étaient raconté leurs vacances d'été et avaient évoqué également les camarades qu'elles n'allaient plus revoir parce qu'elles n'avaient pas réussi l'examen de juin.

– Quand je pense que Lisa et Anne ne sont plus avec nous, avait soupiré Elsa.

– Et qu'Aurore Bessier est toujours là, avait ajouté Marie.

– Tu veux dire : cette horreur d'Aurore ! avait corrigé Émilie. J'ai bien l'impression qu'on espérait toutes se débarrasser d'elle…

– Mais il faut avouer qu'elle danse bien, reconnut Elsa.

– Oui, c'est vrai, admit Marie. Le seul problème, c'est quand elle fait sa crâneuse…

– … sa poseuse… renchérit Émilie.

– … sa mademoiselle Je-suis-la-plus-belle, ajouta Elsa.

– … sa Je-suis-la-nièce-de-la-directrice ! reprit sa sœur.

– Non mais… ELLE SE PREND POUR QUI ?

Un grand éclat de rire avait suivi ces paroles prononcées d'une seule voix par les trois filles. Au moins, entre elles, l'année allait commencer sous le signe de l'amitié renouvelée.

– De toute façon, on s'en moque, conclut Émilie. Elle s'appelle Tu-te-prends-pour-qui, TTPPQ, pas vrai ? Eh ben nous, on est la Ligue des anti-TTPPQ : la LATTPPQ !

– Ouh là là, fit Marie en riant. On ne va jamais réussir à prononcer ce truc-là…

– Oh oui, laisse tomber ! renchérit Elsa. Tu vois, Maïka, ma sœur a toujours la même maladie des initiales impossibles… De toute façon, elle ne nous intéresse plus, cette fille. On a grandi : on est de vrais rats de l'Opéra, maintenant, plus des stagiaires et sûrement pas des bébés. Et puis, on est ensemble. On s'entend bien et on ne va se laisser impressionner ni par Aurore Bessier, ni par quiconque !

« Mais qu'est-ce que j'ai ? » se demanda vaguement Marie, en se passant la main sur le front.

Un petit gargouillis au ventre lui apporta sa réponse : elle avait faim et soif. Comment allait-elle faire pour tenir jusqu'au déjeuner ? L'heure tournait. Elle allait devoir aller suivre les cours sans avoir rien avalé.

« Pas grave... » se raisonna-t-elle en finissant de s'envelopper dans un cache-cœur de laine blanc, tricoté par sa mère.

Elle enfila rapidement des guêtres, destinées à maintenir au chaud ses chevilles, et glissa quelques affaires supplémentaires dans le petit sac qu'elle emportait toujours d'un cours à l'autre. En avant !

Malgré tout, la faim la fit hésiter un instant et elle s'arrêta. Peut-être pouvait-elle emprunter à Émilie une barre de céréales ou quelques biscuits ? Son amie en avait toujours un paquet ou deux dissimulés dans ses tiroirs et serait certainement d'accord pour lui en passer... Non ? Marie se dirigea vers le box de son amie et entreprit d'ouvrir ses tiroirs. Où étaient donc cachés ces fameux biscuits ? Vite ! Elle fouilla et retourna hâtivement les affaires de sa camarade jusqu'à trouver enfin les gâteaux, puis elle remit un peu d'ordre avant de bondir hors de la chambre. Alors qu'elle empruntait les couloirs, elle perçut devant elle un bruit de pas léger qui la rassura : l'une ou l'autre de ses camarades devaient être en retard aussi. Au moins, elle ne serait pas la seule.

Biscuit en bouche, elle descendit un escalier en colimaçon, tourna une fois à droite, une fois à gauche et se dirigea vers la salle de cours. On n'entendait pas le piano. Tant mieux ! Le cours ne devait pas avoir commencé. Elle tourna la poignée de la salle et…

– Oh ?

Il n'y avait personne. Marie en demeura un instant bouche bée. Où étaient-ils tous passés ? Elle avait laissé bêtement son emploi du temps dans la chambre. Pourquoi prendre ce bout de papier puisqu'elle savait que les cours commençaient ce matin dans la salle

Marius-Petipa ? Elle leva les yeux sur la plaque, au-dessus de la porte, et comprit son erreur : c'était la salle Marie-Taglioni. La salle Petipa n'était pas très loin. Vite ! Vite ! Son cœur se remit à battre la chamade. De mademoiselle Bessier, la directrice de l'école, aux professeurs, en passant par les surveillantes ou le concierge, toutes les personnes chargées de l'encadrement des élèves leur rappelaient sans cesse la nécessité d'être à l'heure.

– C'est comme pour la musique quand on danse, avait expliqué un jour celle qu'on surnommait « la Grande Mademoiselle ». On doit commencer sur l'accord et suivre ensuite le rythme. C'est aussi important que de bien exécuter les pas. Sinon, vous aurez une contredanse !

Commençant à s'affoler, Marie se mit à courir vers la salle suivante en priant pour ne croiser personne. Car courir dans les couloirs était strictement interdit. On devait se déplacer calmement, sans précipitation, aussi bien pour préserver son corps des accidents que pour ne déranger personne. Et on devait faire modestement la révérence dès que l'on croisait une personne plus âgée que soi.

– C'est ainsi que l'on montre qu'on a du respect pour la hiérarchie, avait expliqué mademoiselle Renucci, la très sévère directrice adjointe de l'école.

Avant de pénétrer dans la salle Petipa, Marie tenta de reprendre son souffle. Bizarrement, là encore, elle avait beau tendre l'oreille, rien ne perçait à travers la porte. Elle se décida à ouvrir et là : nouvelle surprise ! Il n'y avait personne non plus ! Cette fois, la jeune danseuse sentit la panique la gagner. Devait-elle remonter dans sa chambre pour savoir où se diriger ? Devait-elle longer les murs de salle en salle, pour se donner une chance d'entendre ses camarades ? Pendant qu'elle se remettait à courir, s'interrogeant sur la meilleure décision à prendre, une voix se fit entendre derrière elle :

– Où allez-vous ainsi, mademoiselle ?

Marie se retourna en tremblant. C'était mademoiselle Bessier, l'impressionnante Grande Mademoiselle en personne ! Il était rare de la croiser aux environs des salles de travail des élèves les plus jeunes. En général, elle s'occupait plutôt des divisions supérieures, ainsi que du travail des membres du corps de ballet. Confuse d'avoir été surprise, Marie avait oublié de la saluer selon l'usage. Elle réalisa soudain l'erreur qu'elle venait de commettre et exécuta maladroitement une courte révérence.

– Je répète ma question : où allez-vous, mademoiselle ? Que faites-vous ici et pourquoi couriez-vous ?

En guise de réponse, Marie bafouilla quelque chose d'inintelligible. C'est qu'elle avait encore un morceau de biscuit dans la bouche.

– Vous avez bien compris que c'est la rentrée aujourd'hui, n'est-ce pas ? reprit Claude Bessier.

Marie opina de la tête.

– Et vous êtes en sixième division, n'est-ce pas ? Normalement, vous auriez dû assister à un premier cours ce matin. Où étiez-vous ?

Marie baissa la tête et ferma même un instant les yeux. Le vertige venait de la reprendre. Sans doute avait-elle trop couru.

– Très bien, le prochain cours est le dernier avant le déjeuner. Alors si vous désirez vraiment poursuivre en cinquième, puis quatrième, troisième, deuxième et enfin première division… Si vous espérez pouvoir entrer un jour, après cela, dans le corps de ballet, je vous recommande vivement de prendre de bonnes habitudes dès aujourd'hui et de ne plus jamais – je dis bien « plus jamais » – être en retard.

Incapable de parler, Marie continuait à hocher la tête d'un air penaud.

– Venez avec moi, fit mademoiselle Bessier. C'est… Maïka, n'est-ce pas ?

En réalité, la directrice connaissait parfaitement le nom de l'élève qui se trouvait devant elle car elle avait elle-même choisi Marie pour la faire marcher en tête des élèves-stagiaires lors du grand défilé-spectacle de l'école, au mois de juin. C'était elle également qui l'avait appelée « Maïka », un surnom que la jeune danseuse et ses camarades avaient très vite adopté.

La jeune danseuse suivit mademoiselle Bessier en tremblant, empruntant à sa suite des passages et des couloirs qui lui parurent interminables. Enfin, la directrice frappa à une porte et entra. C'était une salle de classe avec des tables auxquelles les camarades de Marie étaient assis. Le portrait d'un homme était affiché au mur. Soudain, Marie comprit son erreur : sous le portrait était écrit « Marius Petipa ». C'était le cours d'histoire de la danse !

Décidément, cela commençait mal. Marie était la seule à porter une tenue de danse et elle n'avait pris avec elle aucun cahier, stylo ou livre. Elle avait tout simplement oublié que, contrairement à l'organisation de l'année de « petit stage », l'emploi du temps était inversé : les cours de danse avaient désormais lieu l'après-midi, tandis que les matières scolaires étaient enseignées le matin. Elle croisa le regard interrogatif d'Elsa, puis celui, moqueur, d'Aurore. Heureusement, le professeur, un homme dont la moustache rappelait un peu celle de Marius Petipa, lui proposa simplement de prendre place, sans lui faire le moindre reproche.

– Ne vous en faites pas, dit-il avec bienveillance. C'est normal de se perdre, dans cet auguste bâtiment. On a beau connaître le palais Garnier, il a tant de recoins que l'on se croit parfois à Versailles, dans la salle des pas perdus. Les pas perdus ! Hé ! Hé ! Vous voyez mon allusion ! En tout cas, nous pensions accueillir madame la directrice et voilà que vous nous l'amenez. C'est très bien ! Mais ne vous en faites pas, nous n'avons pas encore eu le temps de vraiment débuter ce premier cours d'histoire de la danse. Alors allez vous asseoir, mademoiselle.

« Quelle rentrée ! Je suis vraiment nulle… » pensa néanmoins Marie, gênée.

La tête basse, elle alla se glisser rapidement à une place restée libre. Ô surprise ! Son voisin n'était autre que Lancelot, son préféré parmi les garçons ! Il lui lança un clin d'œil encourageant avant de lui tendre, très gentiment, des feuilles et un stylo. Heureusement pour elle, Marie n'eut pas trop de mal à faire oublier son retard car la Grande Mademoiselle venait de monter sur l'estrade pour s'adresser à l'ensemble de la classe. Toute l'attention des élèves se focalisa sur elle.

3

– Mesdemoiselles… Jeunes gens… mes chers élèves, commença Claude Bessier sur un ton solennel, je me réjouis de vous adresser ces quelques mots ce matin et j'espère que vous les écouterez avec attention.

– On peut pas faire autrement ! chuchota Émilie, en poussant sa sœur du coude.

Mais, voyant que personne n'était d'humeur à plaisanter et que la directrice la fixait des yeux, elle reprit rapidement son sérieux.

Claude Bessier parcourut d'abord l'ensemble de la classe de son regard bleu magnétique. Son tricot marine, à col danseuse, mettait en valeur la beauté de son port de tête. Ses cheveux blonds, ramassés en un chignon impeccable, donnaient le sentiment qu'elle allait peut-être, un instant plus tard, chausser ses pointes et débuter une répétition. Mais elle reprit la parole :

– Comme vous le savez, vous formez désormais un groupe bien particulier, celui des débutants de l'École. Dois-je vous rappeler que vous étiez plusieurs centaines au tout départ puis, l'année dernière, seulement quarante à avoir été pris comme stagiaires ? Vous n'êtes désormais plus que trente-deux en sixième division : vingt filles, douze garçons. Bravo ! J'imagine que vous vous sentez fiers de cette première avancée, et vous avez bien raison. Cependant…

Elle ménagea un léger suspense avant de poursuivre :

– Cependant, je tiens à vous mettre en garde : ne vous prenez pas pour des prodiges. Vous n'êtes encore qu'au tout début d'un parcours jalonné d'obstacles. Pour commencer, vous n'en avez pas fini avec les examens et les concours. À la fin de cette année encore, nous retiendrons uniquement les plus doués d'entre vous. Parmi celles qui ne seront pas prises, certaines estimeront sans doute que nos choix sont injustes, mais nous ne reviendrons pas dessus. De même pour vous, les garçons. Comme l'année précédente, le jury sera souverain. Sachez également qu'en réalité cette épreuve finale viendra s'ajouter au travail que vous aurez fourni tout au long de l'année ainsi qu'à votre attitude, votre manière de vous comporter… Sachez que l'équipe pédagogique ne va cesser de vous observer, et ce durant toute l'année…

À cet instant, mademoiselle Renucci, la directrice adjointe, entra dans la classe. Elle alla se placer face aux élèves, sans toutefois monter sur l'estrade, témoignant ainsi symboliquement de son respect pour la directrice.

– Pardon pour l'interruption, s'excusa-t-elle. Maître Lavanchine arrivera bien vers midi.

Dans la classe, les élèves échangèrent aussitôt des regards. Maître Lavanchine ! Elle avait bien dit « Maître Lavanchine » ! L'un des plus célèbres et prestigieux chorégraphes du monde !

– Parfait ! répondit Claude Bessier. Nous l'accueillerons avec toute l'attention que l'on doit à un hôte de marque. Hum ! Hum ! Où en étais-je…

– Tu parlais du fait que l'équipe pédagogique nous observera, fit aussitôt Aurore, toute fière de pouvoir tutoyer la directrice.

Sans la remettre vraiment à sa place, Claude Bessier marqua cependant sa distance :

– Hum… Oui, en effet, mademoiselle Aurore, vous avez raison… Je disais que toute l'équipe, c'est-à-dire mademoiselle

Renucci ici présente ainsi que vos professeurs et les enseignants de danse, notera votre comportement, votre travail et votre évolution. La technique est un point très important, bien sûr, mais nous observerons aussi certains aspects de personnalité : l'écoute, l'assiduité, la ténacité, la générosité, la ponctualité (Marie se sentit rougir)… Et même un mot qui va vous étonner : la solidarité. Bref, nous voulons voir la vraie personne qui se cache en chacune et chacun de vous car c'est elle qu'au bout du compte on sentira un jour, sur scène… Pour résumer, j'ai envie de vous dire : montrez-nous qui vous êtes !

À ces mots, Aurore se redressa et bomba le torse, comme si elle se trouvait sur une scène. Mais sa tante continua, sans lui jeter un regard :

– Votre année de stage vous l'a certainement fait comprendre, pourtant je ne peux m'empêcher de le répéter : devenir danseur de ballet est un engagement au quotidien, peut-être pas un sacerdoce, mais un sacré parcours. Je souhaite à chacune et chacun d'entre vous que ce parcours soit le plus long possible. Je souhaite que vous alliez loin ! J'espère que nous aurons, dans quelques années, la joie de vous accueillir dans le corps de ballet et que, là encore, vous progresserez. Certes, il n'y a pas autant d'étoiles à l'Opéra que dans le ciel… Pour atteindre cette place-là, il vous faudra – je me répète – beaucoup de travail. Discipline de fer, hygiène de vie rigoureuse… Beaucoup de gens estiment que c'est dur. Trop dur. Nombreuses sont les personnes dans votre entourage, dans votre famille, à penser que la vie de petit rat exige trop de sacrifices. Il n'est pas rare que je reçoive des flots de critiques très dures, vous savez. Mais qu'y faire ? On n'obtient rien sans travail. Si vous êtes ici, je le sais, c'est que vous avez déjà compris à quel point cette exigence est normale. Cette école n'a rien d'ordinaire : c'est une école de la perfection. Vous y êtes entrés parce que vous avez du talent. Vous y resterez parce que vous ambitionnez toutes et tous de réussir au mieux et d'atteindre les plus hauts sommets possible. Vous devez donc vous rendre disponibles à tout ce que vos professeurs vous communiqueront. Vous devez apprendre à oublier vos bobos et vos problèmes, ou du moins à les laisser au vestiaire. Je suis désolée de le dire, mais un danseur qui n'a pas une santé solide ne peut pas espérer poursuivre dans ce métier. Un danseur ne se plaint pas. Alors grandissez ! Vous n'êtes déjà presque plus des enfants. Renforcez-vous ! Fortifiez-vous ! Mangez correctement. Couvrez-vous bien quand vous sortez. Je le répète : ce que je vous assène aujourd'hui semble d'une extrême sévérité. Mais je crois que vos quelques mois de stage vous ont déjà fait comprendre où il fallait mettre la barre. Il faut la placer très haut, vraiment haut et ainsi, chaque fois que vous progresserez, c'est-à-dire chaque fois que vous réussirez à vous hisser à la hauteur de cette barre personnelle, vous vous sentirez heureux. Parce que vous faites de la danse par passion et parce que vous n'oubliez jamais, au fond de vous, à quel point la danse…

Elle prit encore le temps de dévisager chaque élève avant de conclure :

– … la danse, c'est merveilleux !

Un silence suivit ce discours plein d'exaltation. Personne n'osait ouvrir la bouche, ni faire le moindre mouvement. Après avoir elle aussi hésité, mademoiselle Renucci finit par applaudir et, rapidement, le professeur et les élèves se joignirent à elle.

– Bravo ! Bravo, tata ! glissa Aurore au milieu des battements de mains.

Claude Bessier se contenta de froncer brièvement les sourcils dans sa direction.

– Je vous laisse en compagnie de notre deuxième et indispensable pilier de l'école, la directrice adjointe, mademoiselle Renucci, conclut-elle. Écoutez-la attentivement car elle va vous détailler les moments clés de cette année scolaire. Je vous quitte en espérant que vous mesurerez bien le sens de mes paroles. Et je souhaite de tout mon cœur bonne chance à toutes et à tous !

Claude Bessier adressa un dernier regard à la classe avant de se diriger vers la sortie. Elle balançait les bras normalement, le long de son corps, mais donnait pourtant l'impression de sortir de scène. Tant et si bien que les applaudissements reprirent. Sur le visage de la Grande Mademoiselle, un sourire flottant apparut tandis qu'elle quittait la pièce.

Marie jeta un coup d'œil à la pendule : tout cela avait duré près d'une vingtaine de minutes ! En guise d'entrée en matière, la sixième division avait eu droit à un véritable discours officiel.

4

Sans laisser aux élèves le temps de discuter un peu de ce que la Grande Mademoiselle avait dit, mademoiselle Renucci prit la parole à son tour. Elle portait exactement les mêmes vêtements stricts et les mêmes couleurs – du gris, du noir – que l'année précédente à la même période. Elle se tenait droite comme un i, le regard vif et parfois soupçonneux derrière ses montures de lunettes rectangulaires. Toutes et tous le savaient : son objectif essentiel était l'ordre à tout prix. Émilie ne la surnommait pas « Cactus » pour rien. Tout en elle semblait vouloir dire aux élèves : « Vous n'êtes pas là pour vous amuser ! »

– Jeunes demoiselles et jeunes gens, commença-t-elle, j'espère que vous vous êtes bien reposés et que vous avez pris des forces durant l'été. Je l'espère vraiment car vous allez en avoir besoin…

Elle passa tout d'abord en revue l'emploi du temps, le programme scolaire et les règles de vie. Marie avait du mal à se concentrer sur ces informations car elle les connaissait, pour la plupart. Dans sa tête revenait en revanche les propos de Claude Bessier. La directrice avait évoqué le travail, bien évidemment. Ça, Marie connaissait. Elle avait aussi parlé « d'écoute, d'assiduité, de ponctualité ». *« Hum ! Hum ! »* Était-ce une allusion directe à sa personne ? Quant à « la solidarité », là on entrait dans un domaine un peu plus compliqué. Comment les élèves de la classe allaient-elles s'y prendre pour se montrer solidaires entre elles, alors qu'à chaque instant on leur apprenait à se défier les unes les autres car elles étaient des concurrentes ? Tout le monde savait bien qu'à la fin de l'année l'examen risquerait encore de séparer celles qui aujourd'hui se croyaient bonnes copines. Quant aux véritables amies… Marie ne s'en connaissait pas dix mille. Elles avaient pour nom Émilie, Elsa, peut-être aussi Cécile, Anita, Juliette, Leïla, Marion et sans doute Lancelot, du côté des garçons. Parmi les autres filles, Marie savait que certaines – et surtout l'une d'entre elles… – n'hésiteraient pas à lui mettre des bâtons dans les roues si l'occasion s'en présentait. Elle tourna machinalement la tête vers Aurore et tressaillit. Cette dernière était justement en train de la fixer. Pourquoi ? Que lui avait-elle fait ?

« Pourvu qu'elle me laisse tranquille cette année... »

La relation de Marie avec la nièce de la directrice avait empoisonné les six mois de stage de la jeune fille. Cela allait-il recommencer ? *« Non, non et non ! »* Marie se reprit, tandis que les mots d'Elsa lui revenaient en tête : « On a grandi, on n'est plus des bébés… On ne va pas se laisser impressionner par Aurore Bessier… »

« Cette année, se promit-elle, *je saurai me défendre... »*

Certes, la Grande Mademoiselle avait parlé de solidarité. Mais comment pouvait-on faire preuve de solidarité à l'égard d'une pimbêche comme Aurore ? Il fallait un courage bien particulier pour dépasser ses craintes et se confronter à elle.

Marie s'aperçut soudain que depuis quelques instants Émilie lui lançait des regards inquiets.

– Ça va, Maïka ? articula cette dernière silencieusement.

Marie hocha la tête pour la rassurer. Oui, ça allait. À part qu'elle avait à nouveau très envie de dormir. Un grand bâillement lui vint. Un frisson soudain lui traversa tout le corps. Elle qui avait fait la grasse matinée !

Elle reporta son attention sur les propos de mademoiselle Renucci.

– Il y aura deux, peut-être trois temps forts pour vous cette année, expliquait celle-ci. Le plus éloigné dans le temps aura lieu en juin, comme tous les ans : le défilé du corps de ballet et de l'École de danse. Inutile d'insister là-dessus puisque vous en avez déjà fait l'expérience l'année dernière.

Au souvenir de cet événement qui les avait réunis sur scène, Lancelot tourna la tête vers Marie et les deux amis échangèrent des sourires complices.

– Autre temps fort au mois de février : nous proposerons au programme ce que nous intitulons dorénavant « les Démonstrations » de l'École de danse. Cette belle idée est venue de notre directrice, mademoiselle Bessier, qui pense qu'il faut montrer au public comment se déroulent les cours. En effet, les gens à l'extérieur sont avides de savoir ce qui se passe derrière les portes et entre les murs du palais Garnier, en dehors des spectacles. Et l'École de danse dont vous faites partie les intrigue tout particulièrement. Lors des Démonstrations, des barres seront donc disposées sur la grande scène. Cela rappellera sans doute à certains leur tout premier concours d'entrée. Désormais, vous êtes dans le sérail et les spectateurs vont payer leur place pour avoir le privilège de vous voir travailler. Nous comptons évidemment sur vous pour vous comporter au mieux, comme chaque fois que vous vous retrouverez sur scène. Pas de tenues abîmées, de coiffures désordonnées et, bien entendu, pas de retard.

Marie se sentit rougir encore une fois. Décidément, aujourd'hui, on n'arrêtait pas d'appuyer là où ça faisait mal. Aurore leva la main.

– Je n'ai pas très bien compris, excusez-moi, madame la sous-directrice. On montrera un cours ou bien un spectacle ?

– Les deux ! Tu es sourde ou quoi ? réagit Cécile, agacée.

– Mademoiselle Maroni ! intervint aussitôt la directrice adjointe, en fronçant les sourcils. Cette question ne vous était pas adressée, il me semble. Je vous prierai donc de vous taire.

Cécile se tassa aussitôt sur sa chaise tandis qu'un sourire goguenard apparaissait sur le visage d'Aurore.

– En effet, réexpliqua mademoiselle Renucci, ce sera à la fois des cours et un spectacle. Les enseignants profiteront d'ailleurs de cette occasion pour vous noter en vue de votre éventuel passage en cinquième division. Donc ces Démonstrations seront des cours particulièrement importants.

Elle s'interrompit pour sourire avec contentement et balayer la salle de son regard inquisiteur.

– Enfin, j'ai gardé le meilleur pour la fin. Vous aurez peut-être une troisième occasion d'apparaître sur scène cette année, mais celle-là ne dépend pas de la direction de l'école. Vous avez dû m'entendre dire tout à l'heure que nous étions sur le point d'accueillir un grand chorégraphe dans notre grande maison. Il s'appelle George Lavanchine et il va en effet être en résidence chez nous durant plusieurs semaines pour créer un nouveau spectacle. L'Opéra de Paris s'enorgueillit vraiment de sa présence, qui est un honneur pour nous. Je crois savoir que monsieur Lavanchine compte faire appel, pour cette œuvre, non seulement aux membres du corps de ballet, mais également à des petits rats…

Tous les élèves frémirent d'excitation à cette idée. Danser dans un vrai spectacle ! Et sous la direction d'un grand chorégraphe ! Filles et garçons en rêvaient tous.

– Combien de rats voudra-t-il ? Je ne sais pas. Qui prendra-t-il parmi vous ? Je l'ignore, continua mademoiselle Renucci. Je sais seulement qu'il veut des élèves débutants, donc ni les stagiaires, qui sont hors jeu, ni les classes supérieures. Monsieur Lavanchine procédera par auditions, j'imagine. Vous avez donc toutes et tous des chances d'être pris. Mais nous en saurons plus dans quelque temps.

Elle esquissa un demi-sourire, satisfaite de l'effet qu'elle avait produit avec cette prodigieuse nouvelle.

– Sur ce, je vous laisse en vous souhaitant une excellente année chorégraphique !

5

Quelques minutes plus tard, la cantine bruissait de bavardages dans tous les sens. À la table de Marie, on s'interrogeait.

– J'ai pas compris, commença Cécile. Elle a dit qu'on passait un concours, ou un examen, à la fin de l'année ? Parce que c'est pas la même chose…

– Laisse tomber ! lui répondit Anita. Le plus important, ce n'est pas ça ! Le plus important, c'est le spectacle !

– Je suis d'accord, fit à son tour Elsa. George Lavanchine ! Vous vous rendez compte ? Il devait arriver en fin de matinée ! Il est peut-être déjà là… C'est fou ! Un grand chorégraphe comme ça, à quelques mètres de nous…

– Quand est-ce qu'on saura pour les auditions ? interrogea Marie. Je ne veux surtout pas louper ça.

Entourée de ses copines, Aurore était assise à la table attenante. Elle se retourna vers elle en ricanant.

– Pas comme ce matin, pas vrai ? fit-elle à haute voix. Tu veux bien sécher les cours, mais tu ne voudrais surtout pas louper l'audition. Quand je pense que tu es venue tranquillement te prélasser au dernier cours avant le déjeuner. Et en tenue de danse en plus ! J'aurais été le prof d'histoire ou bien ma tante, je t'aurais collé une punition !

Saisie d'un léger vertige, Marie se sentit pâlir juste à ce moment-là, donnant l'impression qu'elle était décontenancée.

– Sauf que tu ne t'appelles pas Claude Bessier, seulement Aurore ! rétorqua Elsa à la place de son amie.

Assise auprès de cette dernière, Émilie la dévisageait avec perplexité.

– Ça va, Maïka ? Tu ne devrais pas faire attention à ce qu'elle dit, tu sais.

– Oui, ça va… fit Marie. Je me sens juste un peu fatiguée, ce matin…

Cécile renchérit, avec un haussement d'épaules :

– Tu sais, Maïka, quand cette fille parle, elle essaie de faire sortir du venin de sa bouche. Mais c'est juste des mots. C'est pas mortel, pas important.

– Merci, acquiesça Marie.

Leïla poursuivit la conversation :

– C'est qui, ce George Lavanchine ?

– Un chorégraphe américain super à la mode et super ultra connu, répondit Juliette.

– Enfin, américain mais d'origine russe ! corrigea Émilie, un accent de fierté dans la voix. Comme Elsa et moi.

Derrière elle, une alliée d'Aurore fit aussitôt remarquer :

– De toute façon, tout le monde sait que la technique russe est beaucoup moins bien que la technique française.

– Vous avez entendu ? Il veut auditionner des petits rats ! reprit Anita sans lui prêter attention.

Si ça se trouve, il va nous choisir et on va danser dans son spectacle…

Aurore persifla encore :

– Il ne choisira que les meilleures.

Marie s'interrogeait sur le chorégraphe, elle aussi. Elle se promit de tout faire pour en savoir plus. Elle repensait également au discours prononcé par la directrice.

– J'ai rêvé ou elle était super solennelle, la Grande Mademoiselle, tout à l'heure ? Ça m'a impressionnée…

Juliette releva à son tour :

– Tu as raison. Tous ces mots qu'elle a soulignés : le travail, la technique, l'écoute, l'assiduité, la ténacité, la générosité, la ponctua… heu… la solidarité.

– Ah, toi aussi, ça t'a frappée ? l'interrogea Marie. Je n'ai pas compris ce qu'elle voulait dire.

À la table d'à côté, on entendit Aurore se dégager bruyamment la gorge avant de lâcher :

– Ouais… la solidarité. Mon œil ! L'amitié, tu parles ! On est toutes des concurrentes !

– De toute façon, on sait déjà avec qui on est amies, pas vrai ? rétorqua Émilie à voix haute.

Elsa acquiesça de la tête et, emboîtant le pas à sa sœur, entoura ostensiblement les épaules de Marie.

C'est alors qu'Aurore se leva, se tourna délibérément vers leur table et, en fixant précisément Marie, elle sortit sa botte secrète :

– En tout cas, quand on est vraiment ami avec quelqu'un, on ne fait pas des choses dans son dos…

Un léger vertige saisit Marie encore une fois, juste à ce moment-là. Son visage pâlit à nouveau. Autour d'elle, ses camarades s'interrogeaient du regard sans comprendre. Que voulait donc dire Aurore ? Était-ce une allusion à cette vieille rancune qu'elle avait eue toute l'année précédente parce qu'on lui avait, soi-disant, volé sa peluche porte-bonheur ? Cette fille était impossible. On avait beau ne pas vouloir lui accorder d'importance, elle s'arrangeait toujours pour semer le doute autour d'elle. Qu'est-ce que c'était encore que cette histoire ?

Elle avait néanmoins réussi à plomber l'atmosphère. Dans la salle à manger, l'excitation qui avait précédé retomba. La fin du repas fut moins bruyante, le niveau sonore baissant d'un cran. Filles comme garçons se replongèrent chacun dans ses pensées, sans se rendre compte qu'ils ne parlaient plus. Quant à Marie, elle n'arrivait pas à savoir si elle avait faim ou non. Malgré sa grasse matinée involontaire, elle ne se sentait toujours pas très en forme. Elle décida de retourner se reposer un peu au dortoir, avec les jumelles.

Quelques instants plus tard, les trois amies se figèrent de stupéfaction en pénétrant dans leur chambre. Les portes des placards étaient ouvertes, les tiroirs, sortis et retournés, vêtements et objets répandus sur les lits et à terre. Quelqu'un s'était introduit là et, comme un ouragan, avait décidé de tout dévaster. Mais dans ce déplacement furieux, une chose était particulièrement gênante : le désordre se limitait aux affaires des jumelles et au côté de la pièce qu'elles occupaient, si bien que tout semblait accuser Marie. Les trois filles contemplaient cet espace saccagé sans savoir quoi dire. Et bien sûr, les paroles d'Aurore revinrent à l'esprit de chacune. *On ne fait pas des choses dans le dos de ses amis…* Elsa se tourna vers Marie en hésitant.

– Maïka… articula-t-elle, Maïka, tu… C'est pas toi qui… Tu n'as pas… Dis-moi que tu n'as pas…

– Oui, fit à son tour sa sœur. Tu… tu n'as pas pu faire ça, si ?

Marie finit par se ressaisir.

– Bien sûr que non ! se défendit-elle. Tout ce que j'ai fait, c'est chercher des biscuits… J'avais faim… Je ne me sentais pas bien ce matin.

– Tu as cherché des biscuits ?

– Oui, j'ai un peu fouillé dans tes affaires, Émilie, admit Marie. Mais j'ai pensé que tu serais d'accord. Tout ce désordre-là, c'est autre chose. Pourquoi j'aurais fait un truc pareil, hein ?

Émilie coula un regard plein de doute vers son amie.

– Tu as dit à table que tu n'avais pas compris ce que mademoiselle Bessier avait voulu dire par « solidarité ». Ne me dis pas que tu as voulu nous donner une leçon en mettant nos affaires sens dessus dessous…

Marie n'en croyait pas ses oreilles. *« Donner une leçon ? Mais de quoi ? Et pourquoi ? »* Ces paroles ne pouvaient pas sortir de la bouche d'Émilie ! Une année entière à danser, travailler et se soutenir mutuellement, tout cela pour arriver à ça ? C'était profondément accablant. Elle éprouvait soudain une grande lassitude à l'idée même que les jumelles pouvaient douter d'elle. Tandis qu'elle cherchait les mots pour s'exprimer le plus clairement possible, de grosses larmes de tristesse surgirent au bord de ses paupières. Elle secouait la tête mais ne parvenait pas à parler. C'est alors qu'entre ses larmes elle vit la silhouette d'Aurore s'encadrer dans la porte.

– C'est dur, hein, quand on s'aperçoit qu'on n'est pas des vraies amies, pas vrai ? fit-elle d'une voix triomphale. Je vous avais déjà prévenues l'année dernière, les filles, quand je vous disais qu'elle m'avait volé mon porte-bonheur. Personne ne voulait me croire. Maintenant vous avez la preuve ! La gentille Maïka, tu parles ! Je l'ai vue fouiller dans vos affaires avant les cours. C'est pour ça qu'elle était en retard, qu'est-ce que vous croyez… Vérifiez bien pour voir ce qu'elle vous a pris. Surtout si c'est des trucs importants… Ça m'étonnerait pas que…

C'est alors qu'Elsa eut une réaction inattendue.

– AAAAAH ! TAIS-TOI ! explosa-t-elle. Tais-toi, Aurore, et sors d'ici ! Parce que tu sais quoi ? On te croit pas. Pourquoi Maïka aurait fait ça, dis-moi, hein ? Y a aucune raison. C'est toi, c'est tout. Parce que ça ne te plaît pas qu'on s'entende bien et qu'on soit amies !

Marie la regarda, totalement éberluée. Il était si rare qu'Elsa hausse le ton ! Elle ne se rappelait pas l'avoir déjà vue en colère – et, en tout cas, jamais à ce point-là.

– Oui, renchérit alors Émilie, qui se posta au côté de sa sœur. Tu es vraiment une peste, Aurore ! Laisse-nous tranquilles ! Va-t'en ! Non mais… TU TE PRENDS POUR QUI ?

Les jumelles avaient crié ces dernières paroles à l'unisson. Puis Elsa claqua la porte au nez d'Aurore. Marie, à la fois sonnée et soulagée, regardait ses amies avec reconnaissance. Elle finit par retrouver la parole, bégayant :

– Je… C'est pas vrai ! J'ai… J'avais faim et… j'ai juste cherché des biscuits…

– Et je parie que c'est elle, cette horreur d'Aurore, fit Émilie, qui a tout manigancé et tout retourné dans tous les sens…

– … histoire de faire croire que c'était toi, finit Elsa.

Marie hochait la tête, soulagée.

– Vous me croyez ?

Elsa reprit, rassurante :

– Ben, évidemment qu'on te croit ! Et même : on s'excuse. On a failli se laisser berner par Aurore… mais dix secondes seulement, hein. Parce que ce saccage, franchement, c'est gros comme une maison.

– Ou comme un éléphant dans un couloir, compléta Émilie. N'oublie pas ce qu'on s'est dit hier soir : on est la Ligue des anti-TTPPQ, la LATT… enfin bref, on se comprend…

– … et on ne va pas se laisser impressionner par Aurore Bessier, ni par quiconque ! ajouta Elsa.

– Oh, les amies, je suis si contente de vous avoir ! fit Marie. Heureusement qu'on s'entend bien parce que, parfois, j'ai l'impression que mon cœur fait des montagnes…

– … russes ! conclurent ses amies dans un éclat de rire.

Il ne restait plus qu'à remettre de l'ordre autour d'elles, ce qu'elles firent rapidement avant de prendre leurs affaires pour le premier cours de danse de leur année scolaire.

6

Le premier cours de danse de l'année débuta dans un silence presque religieux. Les cheveux noués en catogan et le corps sobrement vêtu d'un tee-shirt de jersey moulant et d'un pantalon de jazz, une très belle femme accueillait les élèves d'un hochement de tête et leur indiquait, de la même manière, où se mettre à la barre. Quand tout le monde fut en place, le professeur se tourna vers le pianiste qui plaqua les premiers accords et la leçon débuta par des pliés.

Quelques minutes plus tard, sans en dire beaucoup plus, l'enseignante réunit ses élèves au centre de la pièce et prit enfin la parole.

– Bonjour les enfants. Je m'appelle Christine Baussard et je serai votre professeur principal durant toute cette année. Je vous souhaite la bienvenue à mon cours et je me réjouis de faire la connaissance des belles personnes et des belles danseuses que vous êtes déjà, j'en suis sûre.

En entendant le nom de son enseignante, Marie n'en crut pas ses oreilles. Son cœur bondit dans sa poitrine. Christine Baussard faisait partie de ces danseuses très connues dont la carrière éblouissante avait atteint le firmament. Elle avait obtenu le titre d'étoile de l'Opéra de Paris et avait dansé les plus grands rôles du répertoire sur les scènes du monde entier. Puis elle avait fait ses adieux à la scène à l'âge de trente ans, alors que Marie, elle, venait seulement de naître. Elle fit un rapide calcul dans sa tête. Oui, c'était cela, sa prof principale devait avoir environ quarante ans.

– Nous allons nous retrouver tous les jours ici, de treize heures trente à quinze heures, poursuivait Christine Baussard d'une voix douce. C'est pourquoi je voulais débuter le cours en vous faisant entrer d'emblée dans la danse. Maintenant, je voudrais que vous preniez le temps d'admirer les lieux. Nous sommes ici sous la rotonde de l'Opéra de Paris. N'est-ce pas un endroit magnifique ?

Les élèves se mirent alors à contempler la salle avec plus d'attention. La rondeur des lieux donnait un sentiment d'intimité. Les murs étaient percés de hautes et belles fenêtres ovales qui permettaient à la lumière d'entrer. Le parquet suivait l'arrondi du sol. Marie remarqua qu'il n'y avait pas de miroirs.

– Vous ne pourrez vous voir que dans mes yeux ou dans ceux de vos camarades, dit justement l'enseignante. L'absence de miroirs peut vous désarçonner un peu, mais cela vous permettra aussi de vous mettre en situation de spectacle.

Elle se tourna ensuite vers le pianiste présent.

– Je vous présente également mon complice, monsieur Jacques Laffite.

« Jacques, comme papa ! » pensa furtivement Marie.

– Monsieur Laffite a bien sûr l'avantage d'être un grand instrumentiste, au jeu subtil et nuancé. Il est également champion dans l'art de retranscrire au piano les grandes pièces du répertoire que vous entendrez dans les opéras et les ballets. Ainsi, en dansant, vous apprendrez à retenir les variations célèbres presque sans vous en apercevoir et vous les connaîtrez par cœur en un rien de temps.

Le pianiste se leva et sourit aux jeunes danseuses, derrière son piano noir. Marie était fascinée. On lui avait parlé de dureté, d'engagement et même de sacrifice. Elle s'attendait à devoir serrer les dents tandis qu'un professeur lui aboierait dessus, et voilà qu'une danseuse renommée et un excellent pianiste les accueillaient avec gentillesse et simplicité. C'était à n'y rien comprendre ! Un petit détail supplémentaire réjouissait également Marie : Christine Baussard avait les cheveux… aussi noirs que les siens. Et au milieu de toutes ces blondes, ça lui faisait un bien fou.

– Cette année, fit le professeur, vous allez continuer à apprendre le placement, notamment en fortifiant vos muscles du dos. Bien entendu, la souplesse sera un atout tout au long de votre parcours de danseuse, donc nous travaillerons cela aussi. De bonnes habitudes corporelles seront également pour vous un gage de progrès. Vous et moi allons donc tout faire cette année pour vous renforcer sur le plan technique. Mais je voudrais aussi que dans mon cours vous pensiez beaucoup à la grâce, à la beauté. Peu à peu, vous allez découvrir votre style. Votre corps doit devenir le plus bel instrument possible au service de la danse, vous comprenez ?

Toutes les filles acquiescèrent.

– Alors poursuivons. Vous allez apprendre une variation, maintenant. Je ferai ainsi connaissance avec vous.

D'un pas rapide, chaque petit rat prit place dans la salle, en quinconce. Marie se sentait soudain légère, comme si une brise douce venait de souffler sur elle et d'éloigner ses préoccupations physiques. L'impression de vertige qu'elle avait connue semblait avoir disparu. Le mal de ventre s'était effacé. Elle reprenait possession de son être. Sans doute était-ce là l'effet de cette entrée en douceur dans cette année de « petit rat », grâce à cette fabuleuse enseignante. Un effet libérateur qui la rassurait sur un point essentiel : sa passion pour la danse existait bel et bien car elle lui permettait de connaître ainsi, régulièrement, un état de grâce. Oui, c'était bien cela, un état second qu'elle pouvait aussi bien qualifier d'extase ou de… bonheur.

– Allez, montrez-moi de quoi vous êtes capables, je vous prie ! Je ne veux pas un simple milieu, non, aujourd'hui je veux quelque chose d'élégant, de brillant, même, avec une grande précision technique.

Jacques Laffitte plaqua des accords et le cours débuta. Et doucement, tranquillement, comme une fleur, bientôt, Marie eut l'impression de s'épanouir.

« Ça va être génial ! » pensa-t-elle, en s'efforçant de répondre au mieux à la demande de son professeur.

Pendant qu'elle exécutait les dégagés et les ronds de jambe demandés, la jeune danseuse avait l'impression qu'elle reprenait contact avec une part secrète d'elle-même, cet endroit au plus profond de son être, qui recelait le feu de sa passion. Dès le début du cours, elle avait senti son cœur vibrer à nouveau, s'allumer comme une flamme. Cette magie se renouvelait à chaque cours – et lors de celui-ci tout particulièrement. Elle avait alors la conviction intime qu'elle était prête à tout pour que la flamme ne cesse jamais de palpiter.

Le cours de madame Baussard se termina à quinze heures par une longue révérence que Marie exécuta avec une élégante application. Elle espérait faire sentir à son professeur, à travers ses gestes, à quel point elle avait apprécié ce premier contact avec elle. Tout lui avait plu : chaque parole, chaque remarque, chaque exercice, chaque nuance au piano. Marie avait eu quelques challenges techniques à relever avec les tombés, les pas de bourrée, les échappés, les pirouettes, les sauts, qui la mettaient tout particulièrement au défi… Mais, plus que tout, elle avait ressenti l'énergie positive qui lui était transmise. Elle comprenait la chance qu'elle avait de bénéficier de l'enseignement de cette ballerine de si grand renom.

* * *

À quinze heures quinze, un deuxième cours de danse classique suivit celui de madame Baussard. Cette fois, Marie éprouva de la fascination non pas pour son professeur mais plutôt pour l'originalité de ce qui était enseigné : le mime ! Les garçons avaient rejoint les filles – le mime était le seul cours de danse mixte –, et tous ensemble ils apprirent ce jour-là à plaquer leurs mains le long d'un mur… totalement invisible.

– La danse est déjà une sorte de langage, expliqua l'enseignante. Vous n'aurez donc pas de mal à comprendre le fait que je souhaite vous apprendre encore un autre langage silencieux avec le mime. D'ailleurs, je devrais dire la « pantomime », car c'est ainsi que, du temps des Grecs anciens, on désignait l'art dans lequel les comédiens s'exprimaient uniquement par les gestes et non par la voix…

Là encore, Marie se sentit merveilleusement bien. Elle éprouvait une joie intense à se trouver là, dans ce cocon extraordinaire au centre de Paris, parmi une trentaine d'élèves privilégiés comme elle ! Et même si elle eut d'abord quelques minutes d'essais infructueux, elle finit par réussir à rendre ce que l'on attendait d'elle.

– Montrez-nous donc ce que vous savez faire, Maïka ! l'interpella le professeur.

Marie réussit alors à donner l'impression qu'elle élevait entre elle et ses camarades une paroi invisible, mais qui paraissait infranchissable. Ses mains, posées à plat contre ce mur, se déplaçaient en vain, à la recherche d'une fente que ses doigts pourraient agripper. Quand la musique prit fin, des applaudissements admiratifs fusèrent, y compris en provenance des partisanes d'Aurore, qui, elle, serrait les lèvres et gardait un air hautain.

– Vous aurez ainsi chaque jour des cours de folklore, de mime, de danse de caractère, leur apprit le professeur. Toutes ces disciplines sont importantes pour votre expressivité scénique et bien évidemment pour la coordination et le rythme.

Marie se réjouissait à cette perspective. *« Je suis à ma place ! »*

À dix-sept heures, le troisième cours artistique de la journée arriva. Ainsi que mademoiselle Renucci l'avait annoncé, c'était un cours théorique qui donnait l'occasion d'étudier la musique, de faire du chant choral, de comprendre dans le détail l'anatomie appliquée à la danse… Lorsqu'il prit fin, Marie eut l'impression que l'après-midi était passé comme l'éclair. Le ciel s'était assombri sans qu'elle s'en aperçoive tant elle s'impliquait dans les différents enseignements reçus.

– Ça va ? Tu as l'air un peu pâle, non ? lui demanda Elsa, pleine de sollicitude.

Marie ne prit conscience qu'alors de sa fatigue. Elle n'avait cessé de puiser dans ses ressources physiques toute la journée. Mais la Grande Mademoiselle n'avait-elle pas dit d'oublier les bobos et de laisser les soucis au vestiaire ? Malgré son sentiment d'inconfort, ses bâillements et ses vertiges, Marie était fière de ne pas s'être plainte une seule fois. Elle répondit à son amie par un petit rire.

– En fait, tu ne vois pas ta tête, mais je crois que tu dois avoir la même que moi… En réalité, on est toutes complètement K-O.

Ce soir-là, le dîner fut expédié rapidement, et la toilette d'avant coucher, de même. Dans les dortoirs, les conversations furent de courte durée et pour sa part, après cette rentrée impressionnante et éprouvante, Marie sombra dans un sommeil pour une fois sans cauchemars.

7

Le surlendemain, mercredi, les élèves de la sixième division semblaient s'être déjà habitués au rythme de leur scolarité. Seule Marie ressentait toujours cette étrange fatigue persistante, qu'elle ne parvenait pas à s'expliquer depuis le premier jour. Mais elle s'efforçait tant bien que mal de la cacher derrière des sourires et une application sans faille. Pour ne pas se trahir, elle s'accrochait comme elle le pouvait aux paroles de la directrice : *Un danseur ne se plaint pas… Laissez les bobos au vestiaire…* Avant de rejoindre les autres pour déjeuner, elle téléphona néanmoins à sa meilleure amie, Tina, histoire d'aller chercher auprès d'elle un peu de l'énergie qui lui manquait. Les deux filles s'entendaient à merveille depuis leur tendre enfance et étaient aussi passionnées l'une que l'autre, même si Marie l'était par la danse et Tina, par l'équitation. Seule la distance les empêchait de se retrouver souvent car Tina vivait en Corse. Mais elles demeuraient malgré tout un soutien l'une pour l'autre en toutes circonstances.

– Ouh là là ! Qu'est-ce qui t'arrive ? s'alarma Tina dès les premières secondes.

Marie hésita.

– Oh, rien… J'avais envie de t'entendre un peu…

– Tu es sûre ? Tu peux évidemment m'appeler quand tu en as envie, mais d'habitude on attend le soir pour ça, alors je m'inquiète un peu. Promets-moi que tu vas bien.

– Oui, oui… fit Marie, légèrement évasive.

Tina insista de plus belle.

– Je me trompe ou tu as une drôle de voix ? Tu sais bien que tu ne peux rien me cacher. La rentrée, c'était avant-hier, et j'ai comme l'impression que tu es déjà malade… Non ?

– Je suis juste un peu fatiguée, avoua Marie, heureuse de pouvoir baisser un peu la garde.

– Ça ne me plaît pas beaucoup, bougonna Tina aussitôt.

Marie tenta de s'en tirer par une pirouette :

– Ha ! Ha ! Ha ! Je pensais me faire plaindre un peu par ma meilleure amie, mais j'ai l'impression qu'en fait je parle plutôt à maman, non ?

– N'exagère pas. C'est juste que je te connais : tu es capable d'en faire toujours plus, sans t'écouter, insista Tina. Et c'est le meilleur moyen pour tomber malade…

– Mais non, mais non, il n'y a rien ! la rassura aussitôt Marie. On a un sacré rythme, c'est tout. Tu sais, c'est la même chose pour tout le monde, alors si les autres y arrivent, je peux y arriver aussi. Tu ne veux pas plutôt que je te raconte un peu comment ça se passe ?

– Super bien, je parie…

– Exactement ! Et je peux te dire que j'ai beau être un peu fatiguée, j'adore tout ici ! s'exclama Marie avec enthousiasme. C'est bien simple : depuis hier, je suis hyper fière d'être un rat.

– Tu as des moustaches ? Ta queue a poussé ? fit Tina, reprenant une voix espiègle. Parce que je compte sur toi pour ne pas devenir un rat raté, hein !

– Normalement, ça ne risque pas, répliqua Marie. Ma prof principale, c'est Christine Baussard !

– Qui ça ?

– Christine Baussard ! Allez, arrête, je t'en ai parlé des tas de fois… Quand je pense que j'apprends le ballet avec l'une des plus grandes danseuses du monde ! On a cours tous les jours avec elle, dans un magnifique studio tout arrondi. Je ne sais pas, mais j'ai l'impression que cet endroit a une ambiance particulière, comme si l'âme des meilleurs danseurs était passée là. Il paraît qu'on aura cours aussi, parfois, avec Cyril Asnatoff…

– C'est un autre grand ?

– Ben oui, tu sais bien ! Je l'avais vu quand j'ai passé le concours. Il travaille beaucoup avec la directrice. Et il est l'idole de maman… J'aime bien aussi quand le professeur d'histoire de la danse nous fait cours parce qu'il est toujours très gentil. Le premier jour, je suis arrivée en retard à son cours et tu sais quoi ? Il m'a simplement souri. Il m'a accueillie super gentiment ! Tu te rends compte qu'il nous parle du temps d'avant et qu'il s'appelle Deltempo ? Il m'a prêté un magazine en anglais où on parle de George Lavanchine…

– De qui ?

– George Lavanchine ! Le très grand chorégraphe.

Tina se mit à rire :

– Grand comment ? Deux mètres ? Trois ? Quatre ?

– Ha ! Ha ! Très drôle… Il est invité à l'Opéra pour une création. On ne l'a pas encore vu mais il paraît qu'il est très impressionnant. En tout cas, il est vieux, au moins soixante ans ! Et il est russe et aussi américain. J'ai entendu dire qu'il préparait une création qui se passe en Inde. Ou bien en Chine. Ou bien… bon enfin, quelque part au bout du monde. Et tu sais quoi ? Il paraît qu'il veut des petits rats pour danser dans son ballet. Pourvu qu'il me sélectionne !

Au bout du fil, des sanglots lui répondirent.

– Quoi ? Qu'est-ce qui se passe ? s'écria Marie aussitôt.

Après un court silence, Tina déclara, d'une voix lugubre :

– En fait, chaque fois qu'on se parle, je réalise que tu es définitivement perdue pour la cause du cheval.

Marie eut un instant d'hésitation avant de comprendre.

– Ah, c'était une blague ? C'est malin… Tu m'as fait peur !

Un grand éclat de rire lui répondit.

– C'est génial, quand je plaisante avec toi, tu ne cours pas, tu galopes ! Ha ! Ha !

Marie joignit son rire à celui de son amie.

– Continue à monter, moi, je tâcherai un jour de monter sur pointes et… on finira par faire des ballets où on mêlera la danse et l'équitation. Bon… sauf si je dois danser dans du crottin de cheval…

– Qui sait ! fit Tina, joyeusement. Sinon, il est toujours avec toi, Lancelot ?

Marie rosit au bout du fil.

– Tu parles de mon journal intime ?

– Franchement, quelle idée de donner « Lancelot » comme nom de code à son journal de bord ! se moqua gentiment Tina. Je parie qu'il est super sympa et super mignon, ton nom de code…

– Et alors ? C'est presque aussi original que d'appeler son cheval « Magnifique », pas vrai ? répliqua Marie en retour.

– OK. Un partout, admit Tina. Et puisque tu me demandes de ses nouvelles : Magnifique va très bien, merci. Et moi aussi. D'ailleurs on envisage de se marier, ha, ha ! Allez, je te laisse, sinon tu vas te ruiner. Mais n'oublie pas de te reposer, hein ?

– Tu as raison, ma carte téléphonique est presque vide. Il faut que je raccroche. Ça m'a fait du bien de te parler. Et ne t'inquiète pas, hein ! répondit Marie. Vendredi soir, je rentrerai à la maison pour le week-end. Je vais me faire dorloter par maman.

– Salut la Parisienne ! lança Tina, comme chaque fois.

– Salut la Corse ! conclut Marie.

À peine eut-elle raccroché qu'elle poussa un gros soupir. Un frisson venait de la traverser. Tina avait raison : la fatigue ne la lâchait pas.

« Ça va aller ! » tenta-t-elle malgré tout de se persuader.

Mais on n'était que mercredi et le repos du week-end lui paraissait soudain bien lointain... Elle avait passé une nuit aussi mauvaise que la précédente, mais cette fois, contrairement à la veille, elle n'éprouvait aucune sensation de faim. Une idée s'insinua en elle aussitôt : au lieu de déjeuner, pourquoi ne tenterait-elle pas d'aller espionner un peu ce qui se tramait du côté de la salle de spectacle ? Peut-être aurait-elle une chance d'apercevoir le Maître, George Lavanchine, en plein travail…

8

Quelques minutes plus tard, dissimulée dans les coulisses, côté jardin, Marie écarquillait les yeux. Sa curiosité était amplement servie car quelle divine surprise, en arrivant sur les lieux ! Elle ne reconnaissait plus la scène. Se trouvait-elle bien dans l'enceinte de l'Opéra ou bien s'était-elle téléportée comme par magie dans le désert du Sahara, quelque part en Inde ou dans un pays de l'Extrême-Orient ? En réponse, sans aucun doute, aux demandes de monsieur Lavanchine, les décorateurs du palais Garnier avaient accompli un travail fabuleux. Des tentures légères et scintillantes descendaient des cintres. Des panneaux de bois peints transportaient instantanément le spectateur au cœur d'un immense palais.

Marie avait l'impression d'avoir soudainement plongé dans la féerie des *Mille et Une Nuits*, ces contes qu'elle avait tant aimé lire durant l'été précédent. Encore une excellente idée de Tina, qui les lui avait fait découvrir. Dans ce livre, tout n'était que splendeur, grandeur, lumière et éclat ! En parcourant les pages, Marie croyait voir des palais à colonnes de marbre, des tours surmontées de superbes bulbes d'or. Des silhouettes de femmes en robes longues transparentes, d'hommes vêtus de pantalons bouffants et de tuniques de soie aux couleurs chamarrées foulaient le sol de longs couloirs couverts de tapis moelleux. Les récits évoquaient sultans, vizirs et belles fiancées, ainsi que princes et princesses aux noms évocateurs d'un ailleurs lointain et enchanteur. Désormais, ils étaient là, sous ses yeux. Marie se pinça pour être bien certaine de ce qu'elle voyait. Un couple en costumes se tenait sur le devant de la scène tandis que plusieurs membres du corps de ballet évoluaient à l'arrière. Peut-être se trouvait-elle simplement en Amérique, dans les studios de

Hollywood, là où les stars savaient à la fois jouer, marcher, danser, chanter, transformées en déesses et en dieux par la magie du cinéma !

– Stop ! Stop ! tempêta une voix d'homme.

En se penchant un peu, Marie aperçut celui qui venait de parler. C'était donc lui, le Maître, George Lavanchine, debout au pied de la scène !

« Il n'a pas l'air très commode. »

L'homme était grand et altier. Ses cheveux bruns peignés en arrière dégageaient un front large et un regard précis au-dessus d'un nez droit et pointu. Sans doute était-il âgé, mais il avait tant d'allure qu'il ne faisait pas son âge.

– Allez, on se concentre, ordonna George Lavanchine en tapant de sa baguette sur le sol. Ce qui m'intéresse ici, Shéhérazade et Kalender, c'est la façon dont vous incarnez vos personnages. *Your characters ! Your characters ! Танец, пожалуйста !*[1]

Il s'exprimait dans un mélange de français, d'anglais et de russe, mais Marie sursauta en l'entendant dire « Shéhérazade ». L'œuvre qui se préparait s'inspirait donc bien de l'univers

1. *Your characters !* = « Vos personnages ! » en anglais.
Танец, пожалуйста ! = « Dansez, s'il vous plaît ! » en russe.

qu'elle avait tant aimé découvrir dans ses lectures d'été. Elle remarqua aussi que le chorégraphe avait interpellé les danseurs par les noms des personnages qu'ils incarnaient. La danseuse qui interprétait Shéhérazade avait le regard braqué sur le maître de ballet, concentrée à l'extrême afin de répondre au mieux à ses attentes. Pour la répétition, elle portait un imposant tutu sur une combinaison et un collant noir. Ainsi, son partenaire, Kalender, pourrait se rendre compte de l'encombrement du costume et se placer à la bonne distance de sa partenaire. Shéhérazade monta en attitude sur la pointe droite, tandis que Kalender, derrière elle, plaçait son bras droit sous le sien.

– Shéhérazade… murmura Marie.

Si on ne l'avait pas déjà rebaptisée « Maïka », elle aurait bien aimé avoir ce prénom-là, pourquoi pas ? Ça sonnait bien, « Shéhérazade »… Un frisson la parcourut. L'excitation, sans doute, commençait à monter en elle à l'idée qu'elle aurait peut-être la chance de participer à la création du Maître.

Trois danseuses en costumes l'effleurèrent avec un froncement de sourcils.

– Qu'est-ce que tu fais là ? bougonna l'une d'entre elles au passage.

Marie s'écarta prestement, mais reprit tout de même sa place, tout en s'efforçant de se faire toute petite.

« Je ne vais quand même pas partir... Je suis si bien placée... »

Bien sûr, elle n'était pas la seule à rêver secrètement d'être prise... Et peut-être ne ferait-elle pas partie du lot.

« Je pourrais aller le voir, là, tout de suite, et lui expliquer à quel point j'adorerais travailler sous sa direction ! Je lui dirais que pour moi ce serait un honneur. »

Marie savait bien que ce genre de comportement risquerait plutôt de lui faire tort. Pleine d'espoir malgré tout, elle frémit d'aise en y pensant. Déjà, elle avait eu la chance de se présenter officiellement face au public, lors du grand défilé de fin d'année scolaire, au mois de juin. Sa chance s'était doublée de l'honneur d'être placée en tête du cortège des stagiaires qui, pour la première fois, participaient à cet événement annuel. Quel moment ! Depuis les coulisses, elle avait pu sentir le public vibrer pour le spectacle. Ses parents étaient présents dans la salle. Son cœur battait à tout rompre lorsque ce fut le moment pour elle d'avancer au pas cadencé, menton haut et pieds ouverts en première position, aux côtés de son ami danseur, Lancelot…

Depuis ce jour merveilleux, elle ne rêvait plus que d'une chose : que se reproduise à nouveau pour elle la magie de la scène. La petite danseuse-stagiaire devenue rat officiel avait désormais, plus que jamais, les yeux tournés vers le futur.

– Je veux que vous ne négligiez aucun détail, insistait le maître de ballet. Le placement du regard change absolument tout. Regardez un peu trop bas ou un peu trop haut et le public s'y perdra car vos regards ne diront plus la même chose : votre intention ne sera plus la même. Est-ce que vous comprenez ? *Do you understand*[1] ?

Marie, impressionnée, enregistrait mentalement ses paroles. Ainsi, il ne fallait pas seulement bien danser mais également bien regarder, bien placer son regard. Que de détails presque insoupçonnables qui, pourtant, finissaient par faire la différence entre une belle représentation et un spectacle extraordinaire.

– Naturellement, vous ne parlez pas, mais les spectateurs doivent pouvoir vous comprendre à chaque instant, reprit le Maître. À vous, donc, de capter leur attention.

Les danseurs reprirent une nouvelle fois le même passage et furent presque aussi vite interrompus par le maître de ballet :

– Vous n'avez pas l'air de réaliser que je compte sur vous pour le spectacle à venir ! Mais quelle honte ! *What a shame*[2] ! Vous ne connaissez pas encore bien les mouvements,

---

1. « Est-ce que vous comprenez ? »
2. « Quelle honte ! »

c'est ça ? Je ne suis là que depuis deux jours, mais j'avais demandé que vous travailliez avant ! Je voudrais faire un premier filage dans quinze jours ! tempêta-t-il. La générale suivra dans un mois, et enfin les représentations. Vous croyez vraiment qu'on a le temps de traîner ? Je vous préviens, je n'hésiterai pas à prendre vos doublures si vous vous laissez aller, hein… *What a shame ! What a shame !*

Marie comprit alors pourquoi un autre duo de danseurs exécutait les mêmes pas que le couple principal, à quelques mètres en arrière. C'était donc cela ! Ils serviraient de remplaçants si un problème se présentait. D'ailleurs George Lavanchine, lui aussi, était épaulé par une répétitrice capable de prendre le relais en son absence. Décidément, tout était prévu sous la belle voûte du palais Garnier…

Elle sentit soudain une présence derrière elle.

– Alors, chuchota une voix, c'est là que tu te caches ?

Elle n'eut pas besoin de se retourner pour reconnaître Elsa Golovinoff. Sur le même ton de voix, Marie répondit brièvement :

– Chut ! Restons cachées, on parlera après…

Les deux filles se tinrent côte à côte jusqu'à la fin de la répétition, puis, l'heure venue, elles disparurent discrètement. Ce n'est qu'en atteignant les coursives qui menaient à leur partie du bâtiment qu'elles reprirent la conversation.

– Alors comme ça, tu sèches le déjeuner pour venir voir ce qui se trame dans le coin ? fit Elsa en lançant un clin d'œil à son amie.

– Oui, et apparemment je ne suis pas la seule, répondit Marie sur le même ton espiègle. C'était trop beau de les voir, tu ne trouves pas ?

– Tu as vu la précision de la danseuse quand elle s'est lancée dans sa série de…

– … tours développés seconde !

– Oui, et de déboulés ! Je n'en revenais pas ! J'ai l'impression qu'il me faudra des années avant que j'arrive à avoir le même équilibre… En tout cas, j'ai l'impression d'avoir appris des milliers de choses rien qu'en les regardant répéter.

– En même temps, tu sais, fit remarquer Marie avec justesse, si on n'avait rien à apprendre, on serait nommées étoiles tout de suite.

Elsa tourna la tête vers elle avec surprise : ainsi Marie osait prononcer tout haut le mot qui trottait dans toutes les têtes… En général, les petits rats n'avouaient que leurs rêves les plus atteignables, comme de réussir à l'examen de fin d'année ou d'être choisis pour un spectacle. L'idée même d'intégrer le corps de ballet, un jour, apparaissait comme déjà extraordinaire, mais obtenir le titre d'étoile, là, c'était très fort !

– Chut ! la reprit Elsa en jetant des regards craintifs autour d'elle. Peut-être qu'on y arrivera un jour, peut-être pas. Pour l'instant on n'est qu'en sixième division. Déjà il faut qu'on arrive en première et qu'on soient prises dans le corps de ballet. Alors étoile… Il vaut mieux ne pas en parler, ça pourrait nous porter malheur…

– Tu as raison, admit Marie.

Mais dans sa tête, le mot clignotait aussi clairement que la lampe d'Aladin dans *Les Mille et Une Nuits*. Oui, elle avait beau se sentir timide bien des fois, elle se savait également portée par une ambition qui lui donnait des ailes. Ou qui l'amenait à se passer de déjeuner pour assister à une répétition en douce !

9

Les deux amies retrouvèrent Émilie dans la chambre.

– Ben vous étiez où ? fit cette dernière en faisant prestement disparaître un paquet de gâteaux dans son sac.

– Dans les coulisses de la grande scène, lui confia sa sœur. Lavanchine fait répéter *La Bayadère* !

– Oui, et c'est incroyable, renchérit Marie, parce qu'il y a plein de décors. Et les danseurs ont déjà l'air de connaître leurs rôles…

– Même si le Maître les gronde quand même très fort ! finit Elsa. Monsieur Lavanchine a envoyé des instructions de New York avant de venir.

– Oh là lààààà… Vous êtes folles ! On n'a pas le droit d'aller espionner quand un spectacle se prépare !

– À part deux danseuses du corps de ballet, personne ne nous a vues. Et c'était génial, fit Marie.

– J'avoue que je suis un peu jalouse. J'aurais bien voulu voir ça, admit Émilie.

En guise de réponse, Elsa haussa les épaules.

– Ben, tu aurais dû venir avec nous au lieu de te goinfrer de…

Elle s'interrompit, mais c'était trop tard : il était facile de deviner la fin de sa phrase.

– Oh, ça va, hein… J'ai déjeuné comme tout le monde, c'est tout ! se défendit Émilie.

– Tu es sûre ? Déjà que tu es un peu plus…

– … joufflue que toi ! C'est bon ! la coupa sa sœur, d'un ton rageur. Inutile d'insister. C'est pas ma faute si je suis un « bec sucré »…

Elle détourna la tête en boudant. Depuis quelque temps, elle avait du mal avec les règles de nutrition de l'école et elle cédait parfois à la gourmandise en prolongeant ses repas par des friandises. Voyant qu'elle détournait la tête pour ne pas montrer ses larmes, Marie s'approcha d'elle.

– Ne t'en fais pas, la rassura-t-elle d'une caresse à l'épaule, tu vas arriver à surmonter ces petites envies. Il suffit de reprendre un peu confiance en toi.

– Merci, Maïka…

Bien qu'elle ignorât d'où lui venait cette soudaine sagesse, Marie sentit que ses paroles faisaient du bien à son amie. Un peu plus d'une année s'était écoulée depuis son entrée à l'École de danse, et si elle avait progressé en tant qu'élève-danseuse, elle sentait aussi qu'elle avait fait des pas de géant dans sa tête. Elle avait acquis une maturité qui l'étonnait elle-même, comme si la mise à l'épreuve quotidienne de son corps avait pour résultat de faire grandir toute sa personne.

Émilie reprit contenance.

– Au fait ! fit-elle en se redressant, j'allais oublier de vous dire : j'ai deux nouvelles, une bonne et une mauvaise. Je commence par laquelle ?

– La bonne ! fit Marie.

– La mauvaise ! dit Elsa, presque aussitôt.

– Bon ben… Alors la bonne. Pendant qu'on était à table, le Cactus est venu nous dire que Maître Lavanchine va faire passer des auditions aux rats de la sixième division très bientôt !

– Quoi ? Tu ne pouvais pas le dire plus tôt ? firent aussitôt les deux autres tout excitées.

– « Très bientôt », ça veut dire quand ?

– Elle a dit lundi. Avant, il doit préciser à son assistante quel enchaînement il veut qu'on prépare.

– Ah oui, c'est comme ça qu'il travaille ! fit remarquer Marie. Il avait envoyé ses demandes au corps de ballet avant de venir et tous les danseurs devaient connaître les pas avant de commencer à répéter. Tout à l'heure, il n'était pas content parce qu'il y en avait quelques-uns qui ne les savaient pas bien…

– Mais comment il a fait pour les envoyer avant ? demanda innocemment Émilie.

– L'écriture de la danse, tu connais ? fit sa sœur. Il avait tout envoyé par écrit.

– Haaaaaa gla gla ! fit Marie. J'ai super envie de passer l'audition et en même temps j'ai la frousse. C'est normal, docteur ?

– Ben oui, répondit Elsa. Ça veut dire que tu as le trac parce que tu aimerais vraiment, vraiment, vraiment, vraiment être prise. Je me trompe ?

Elle ne se trompait pas. Marie venait de ressentir instantanément ce désir au fond d'elle, comme une braise rougeoyante : le désir fou de se retrouver une nouvelle fois sur scène. N'était-ce pas ce qu'on appelait « le feu sacré » ?

– Allô, ici la Terre… les interpella Émilie. Et ma deuxième nouvelle, vous la voulez ou pas ?

– Ouiiii !

– Eh bien, devinez quoi ? Il paraît qu'Aurore est malade. On ne nous a pas dit ce qu'elle a, mais en tout cas on est débarrassées d'elle au moins pour cet après-midi, il paraît. Pas mal, non ?

Marie et Elsa applaudirent bruyamment. Aurore se montrait toujours tellement odieuse en toutes circonstances qu'elles ne pouvaient éprouver aucune empathie à son égard.

– Mieux que pas mal ! fit Elsa.

– Un vrai soulagement ! renchérit Marie. Peut-être qu'elle ne pourra même pas passer l'audition ?

– Ce serait bien fait, dit Elsa.

– Super bien fait, renchérit Émilie.

– J'aurais presque envie d'improviser une petite danse triomphale pour remercier les fées ou les dieux bienfaiteurs qui nous ont débarrassées d'elle, fit Marie. Vous en pensez quoi, les filles ?

– Oui ! Oui ! Oui ! répondirent les jumelles, enthousiastes.

Et aussitôt, elles se mirent à proférer de fausses incantations et à inventer des danses exaltées. Marie saisit le drap de son lit et s'en recouvrit le corps. D'une ceinture, elle retint le tissu autour de sa taille ; ainsi, elle pouvait continuer à danser. De sa taie d'oreiller, elle fit un voile qu'elle éleva jusqu'au ras de ses yeux et noua sur sa nuque. Une seconde plus tard, elle se lançait dans une danse des sept voiles que ses deux amies se mirent aussitôt à imiter.

Marie donnait le ton, avec des pas et des positions qu'elle créait sans réfléchir, au gré de son inspiration. Ce n'était pas la première fois que son plaisir de danser se traduisait ainsi, par une chorégraphie spontanée et originale. Elle avait développé cette liberté créative durant les cours de Geneviève, son ancien professeur bien-aimé, et elle en éprouvait une joie intense. Bientôt, d'autres petits rats les rejoignirent : Marianne, Cécile, Ludivine, Leïla, Annabelle et encore Juliette. Ce fut un véritable petit spectacle, inspiré de ces pays où l'on danse certes avec les jambes, mais aussi en balançant les hanches et le bassin, où l'on place les pieds à la parallèle l'un de l'autre et où les yeux mystérieux ou cxorbités ont aussi un important rôle à jouer. Décidément, ce jour-là, de la grande scène de l'Opéra aux dortoirs des élèves, le souffle fiévreux et ensorcelant d'un autre monde ne cessait de se manifester !

10

Le lendemain jeudi, ironie du sort, Marie succombait à une autre sorte de fièvre, mais plus une fièvre dansée : une vraie, cette fois-ci. Au petit matin, elle tenta de se lever mais en fut totalement incapable. Les jumelles l'interrogèrent, atterrées :

– Comment tu te sens ?

– Crevée.

Un énorme râle suivit cette brève réponse. Marie n'avait pas besoin d'en dire plus, son attitude et sa pâleur parlaient pour elle. La veille, elle avait lutté contre elle-même. Le corps languide, elle avait tenu bon malgré tout et, sans rien dire à personne, était parvenue à suivre tous les cours sans se plaindre. Mais elle était allée trop loin. Cette fois, son corps plein de courbatures refusait de continuer.

Voyant son amie ainsi, pâle et clouée au lit, Elsa alla prévenir au plus vite mademoiselle Renucci, tandis qu'Émilie, sa sœur jumelle, restait assise sur le lit de Marie, dont elle tenait la main.

– Tu… devrais te… t'écarter… prononça cette dernière avec difficulté. Je suis… peut-être… contagieuse.

– Bof ! Je m'en fiche, tu sais. Et puis je crois que j'aimerais bien tomber un peu malade pour pouvoir sécher les cours, répondit Émilie.

Elle se mordit les lèvres en voyant mademoiselle Renucci entrer dans la chambre. La directrice adjointe avait-elle entendu ce qu'elle venait de dire ? Mais cette dernière n'eut pas un regard pour elle. Elle se dirigea droit sur Marie, enleva ses lunettes de la main gauche, posa la main droite sur le front de la malade et observa un instant la pâleur de son visage en fronçant les sourcils. Sa décision fut vite prise :

– Vous allez rentrer chez vous, ma petite Maïka. Je ne vous veux plus ici tant que vous n'êtes pas en forme. Je vais appeler votre mère tout de suite pour qu'elle vienne vous chercher. Nous sommes jeudi… À vue de nez, nous ne vous reverrons pas en cours avant lundi ou mardi.

La directrice adjointe se tourna vers Émilie avant d'ajouter :

– Mademoiselle Golovinoff, je vous prie d'aider votre amie à s'habiller et à rassembler ses affaires. Vous l'escorterez ensuite jusqu'à la porte de sortie, près du guichet du concierge.

Émilie acquiesça d'un hochement de tête, mais une fois de plus reprit la parole dès que mademoiselle Renucci eut quitté la pièce.

– Non mais tu as entendu ça ? J'ai rêvé ou quoi ? Elle a bien dit : « Ma petite Maïka », souligna-t-elle. Non mais : « ma petite Maïka »… Incroyable, non ? Elle n'a jamais été aussi tendre. Si tu n'avais pas eu de fièvre et de microbes, elle t'aurait même peut-être embrassée… Franchement, moi, j'ai compris : je mange des épinards pendant une semaine, je perds cinq kilos, je deviens blanche comme un linge, j'attrape une fièvre de cheval et là, le Cactus viendra me manger dans la main !

En entendant son amie, Marie se mit à rire malgré sa fièvre. Émilie se débrouillait toujours pour saupoudrer des pincées de joie partout autour d'elle. D'ailleurs, n'était-elle pas en train de joindre les mains pour improviser une prière ?

– Ô vous, toutes les gentilles fées qui peuplent l'univers, s'il vous plaît, supplia-t-elle les yeux au ciel, donnez-moi juste un petit peu de la fièvre de Marie. Oh, pas beaucoup, juste de quoi m'empêcher de danser, sans que je souffre trop. Et faites venir mademoiselle à mon chevet, juste pour que je l'entende me dire : « ma petite Émilie ».

– Pas « ma petite Émilie », plutôt « Mimi » ! suggéra Marie avec un petit rire.

– Oui, Mimi, carrément, reprit Émilie. Ou mieux : « ma chère petite Mimi », ça, ce serait carrément grandiose !

Elle éclata de rire puis, voyant son amie fondre en larmes, reprit ses esprits :

– Ben quoi ? Qu'est-ce qui t'arrive ?

– L'audition… fit Marie avec tristesse… Je ne vais pas pouvoir… passer l'audition…

Émilie écarquilla les yeux.

– Maïka ? Tu plaisantes ? Tu es au fond de ton lit et tu pleures pour une audition de rien du tout ? Allons, sois raisonnable. Dis-moi ce que tu veux mettre, ma petite Maïka, dit-elle. Je suis à tes ordres pour t'aider à enfiler tes vêtements. J'ai été nommée femme de chambre-étoile alors profites-en, ça n'arrive pas souvent.

Ravalant ses larmes, Marie finit par se résoudre à s'occuper d'elle-même. Elle soupira, dodelina de la tête puis, grâce à son amie, trouva la force de s'asseoir sur le rebord de son lit.

– Allez, sois sympa, murmura-t-elle, s'adressant à son propre corps. Tiens le choc et laisse-moi t'habiller : maman arrive.

La simple perspective de devoir enfiler pull, pantalon et manteau en remplacement de son pyjama lui semblait une épreuve insurmontable. Elle ne tenait que faiblement sur ses jambes qui ne la portaient plus. Elle réussit néanmoins à tirer un grand sac de dessous son lit et à y glisser quelques vêtements, non sans avoir d'abord mis tout au fond son « Lancelot » à spirales – le plus mignon des noms de code…

Une vingtaine de minutes plus tard, toujours aidée d'Émilie, elle réussissait à quitter l'aile des dortoirs, et à descendre jusqu'au rez-de-chaussée de l'Opéra en prenant largement appui sur son amie. Enfin, en attendant sa mère, elle s'installa sur une banquette de velours rouge, près de la conciergerie. Émilie jeta un coup d'œil à la pendule attenante.

– Je suis désolée de devoir te laisser, annonça-t-elle. Si je reste plus longtemps, je vais être en retard et mademoiselle Renucci serait bien capable de me faire des remarques en oubliant qu'elle m'a demandé de jouer le rôle de danseuse-femme de chambre.

– Oui, je sais, lui répondit Marie dans un souffle. File, ne t'en fais pas. Je vais revenir très vite.

– Elsa et moi, on prendra des nouvelles… Et si t'es pas contagieuse, on demandera à maman si on peut passer te voir ce week-end, finit Émilie en l'embrassant. Soigne-toi bien !

Tel un feu follet, elle s'en alla rapidement vers l'escalier menant aux salles de cours de l'École de danse, qu'elle se mit à gravir quatre à quatre. Marie entendit son pas décroître dans le couloir. Au moins son amie ne semblait-elle pas malade du tout !

11

Quelques minutes plus tard, Jeanne Pietro ouvrit de grands yeux en découvrant à quel point Marie était faible. Comment pouvait-on avoir laissé sa fille seule, tremblotante et comme abandonnée dans ce couloir désert ? Elle se précipita vers elle.

– Ooooh, ma pauvre petite chérie ! Mon pauvre poussin ! s'exclama-t-elle sans cacher son inquiétude.

Elle jeta des coups d'œil autour d'elle, cherchant en vain des adultes, mais dans le bâtiment tout le monde était visiblement trop affairé pour être présent. Même le concierge paraissait invisible. Une main avait pourtant dû appuyer au bon endroit pour enclencher l'ouverture de la porte.

– Mais comment osent-ils ? murmura-t-elle, sentant pointer la colère. Comment peut-on traiter une enfant comme ça ? Dire que j'avais confiance en mademoiselle Bessier ! En Cyril Asnatoff ! En mademoiselle Renucci…

Depuis les débuts de Marie à l'École de danse, Jeanne Pietro se sentait partagée : elle ressentait à la fois une grande joie pour sa fille et une peur permanente pour son avenir. Elle ne cessait de se poser des questions. Certes, Marie avait intégré l'école la plus prestigieuse, celle dont le renom dépassait les frontières françaises comme européennes : l'École de danse de l'Opéra de Paris. Certes, tout s'était bien passé pour elle jusque-là. Mais si un jour les choses tournaient mal et que Marie sombrait dans une spirale d'échec ? La jeune danseuse avait du talent, tout le monde s'accordait pour le dire, mais elle devait désormais continuer et ne jamais baisser la garde si elle voulait atteindre les sommets. Il n'était pas difficile d'imaginer à quel point l'ascension serait rude. Marie était-elle suffisamment solide pour cela ? Aux yeux de sa mère, elle n'était encore qu'une enfant. Et en cas d'échec, comment parviendrait-elle à s'en remettre ? Comment gérerait-elle une éventuelle déception alors que la danse était toute sa vie ? Ces questions et bien d'autres encore revinrent tourner dans la tête de Jeanne Pietro pendant qu'elle s'installait avec sa fille dans le taxi qui allait les conduire vers l'appartement familial. Mais elle finit par secouer la tête, bien décidée à ne pas se laisser prendre par le pessimisme qui parfois la gagnait. Le plus urgent n'était-il pas de prendre soin de Marie dans le moment présent ?

« Pense à ses réussites au lieu de craindre pour son avenir », aurait dit Jacques Pietro, son mari, s'il avait été présent. Jacques avait ainsi l'art des formules raisonnables. Il était d'un soutien infaillible pour sa fille, tout autant que son épouse, mais d'une autre manière. Jacques n'avait pas tort : il y avait en effet bien des raisons de se réjouir. Jeanne ferma quelques instants les yeux au souvenir de la magnifique soirée de prestige du mois de juin. Ils avaient été si heureux ce soir-là ! Le père de Marie avait ressorti sa veste de smoking du fond de son placard. Jeanne aussi s'était vêtue d'une robe qu'elle ne mettait que pour les grandes occasions, longue, en taffetas bleu marine, rehaussée d'une ceinture de velours noir. Une fois installés dans la salle, dans les places d'orchestre qui leur avaient été réservées, ils s'étaient sentis si fiers en voyant leur fille apparaître ! Ses beaux cheveux relevés en un chignon impeccable lui donnaient une allure distinguée. Ils avaient eu le sentiment que son regard s'arrêtait plusieurs fois sur eux, pendant qu'elle dansait. Un regard droit et précis, rehaussé par son maquillage. La soirée était passée bien trop vite !

La tête de Marie roula en avant et Jeanne rouvrit les yeux. La vie était ainsi faite : il y avait des moments brillants et légers comme cette soirée enveloppée de papier cristal et il y avait ce qu'elle voyait maintenant : une jeune fille harassée, dont on avait exigé trop d'efforts.

– Vraiment trop, prononça-t-elle tout haut.

Étonné, le chauffeur de taxi tourna la tête un instant en l'entendant. Il faisait glisser son véhicule avec souplesse et sans à-coups, dans la circulation parisienne.

– Ne t'en fais pas, ma chérie, murmura-t-elle, on arrive. Tu pourras bientôt te coucher, murmura Jeanne à l'oreille de sa fille.

D'une main, elle caressa les cheveux de Marie.

– J'ai appelé le docteur, il ne tardera pas à venir. J'espère que tu n'as rien de grave. En tout cas, je suis heureuse que l'on m'ait demandé de venir te chercher, mon poussin…

Tu ne retourneras pas là-bas tant que tu n'auras pas fait de pause suffisante. Crois-moi, je vais te soigner aussi bien que possible et ça prendra le temps qu'il faudra.

Marie, quant à elle, ne pensait qu'à son audition. Allait-elle être sur pied dès le lendemain ? Ou lundi ? Peut-être qu'avec un peu de chance une bonne nuit suffirait à son rétablissement…

Quelques minutes plus tard, mère et fille atteignirent enfin leur sixième étage de la rue Carolus-Duran et Marie retrouva sa chambre, au sein de son univers familier. Totalement épuisée, elle s'écroula sur son lit et se laissa aussitôt gagner par un profond sommeil.

12

En ouvrant les paupières, Marie eut d'abord une seconde de doute sur le lieu où elle se trouvait. Puis ses yeux s'arrêtèrent sur l'affiche qu'elle aimait tant, fixée depuis longtemps au plafond de sa chambre. Maya Plisetskaya, la célèbre ballerine, interprétait le cygne blanc, les bras en couronne au-dessus de son diadème brillant et le regard intense. Les pointes de la danseuse disparaissaient dans le coin droit et légèrement décollé du poster. Marie tâta prudemment ses membres. Ses jambes à elle étaient bien là, l'ensemble de son corps avait l'air bien présent aussi. En revanche, il lui paraissait étrangement mou et sans force. Les derniers événements lui revinrent peu à peu à l'esprit. La rentrée avait eu lieu en début de semaine – avec ce lundi matin un peu raté pour elle, même si elle s'était rattrapée depuis. Les premières journées de cours avaient suivi, mais pour l'heure elle se trouvait chez elle et, par malheur, sentait bien qu'elle manquait encore d'énergie pour participer à ce à quoi elle tenait le plus : l'audition de Maître Lavanchine. Quelle malchance !

Elle se souleva avec effort, encourageant son corps à voix haute.

– Allez, sois sympa, ne te laisse pas abattre…

Quelle heure pouvait-il être ? Elle jeta un regard sur sa table de chevet. Le gros réveil rose qu'elle avait depuis l'année de ses huit ans ne se trouvait plus là. Un bourdonnement feutré de voix venant de l'autre bout de l'appartement parvenait jusqu'à elle, mais la distance et l'épaisseur des murs empêchaient de les distinguer avec précision. Curieuse d'en savoir plus, Marie finit par s'asseoir au bord de son lit et enfila lentement ses pantoufles et sa robe de chambre. Enfin elle se leva avec précaution et s'enhardit à petits pas dans le couloir. Ses jambes lui donnaient l'impression d'être faites de coton, mais elle ressentait malgré tout la joie de ne plus être sous l'emprise de la fièvre.

– Chouette ! constata-t-elle en sentant que sa tête ne tournait plus.

Les visages de ses parents se tournèrent vers elle lorsqu'elle déboucha dans la salle de séjour.

– Oh mon Dieu, mon poussin ! s'exclama Jeanne Pietro.

– Enfin ! l'accueillit Jacques avec soulagement.

Il ouvrit ses bras à Marie qui alla aussitôt se blottir contre lui.

– Comment ça va ? l'interrogea sa mère.

Marie la regarda un instant, hébétée. La première phrase qui lui vint à la bouche n'était pas une réponse très directe à la question, mais elle en disait long.

– J'ai très, très, très faim !

Ses parents sourirent.

– C'est bien normal et c'est très sain, répondit son père. Tu sais quel jour on est ?

– Non, avoua Marie.

– Samedi. Je suis revenu de voyage hier soir, et je peux te dire que je t'entendais ronfler dès le seuil de l'appartement.

Marie eut du mal à en croire ses oreilles.

– Tu veux dire… Tu veux dire que… J'ai dormi depuis…

– Oui, depuis que tu es tombée raide sur ton lit jeudi en fin de matinée, lui confirma sa mère. Tu t'es très peu réveillée.

Deux jours ! Marie avait dormi deux jours entiers et deux nuits, presque sans interruption.

– Trois ou quatre fois, tu as ouvert l'œil, mais c'est parce que je venais te voir et vérifier que tout allait bien, poursuivait Jeanne. J'en ai profité pour te faire boire un peu de bouillon. Tu ne te souviens pas ?

Marie secoua la tête.

– Aucun souvenir…

– Il y a eu aussi la visite du médecin, bien sûr. Tu te rappelles qu'il t'a auscultée ?

Marie fouilla dans sa mémoire. Elle se souvenait vaguement d'avoir frissonné au contact d'un stéthoscope dans le haut de son dos… Oui, elle avait dû répondre, sans doute, à quelques questions et avaler ensuite l'un ou l'autre comprimé, mais de là à vraiment se le rappeler… Elle secoua une nouvelle fois la tête.

– Eh ben dis donc, c'est fou ! reprit Jeanne. Moi, j'avais peur qu'il ne m'annonce une catastrophe : la grippe, une angine, une pneumonie, la scarlatine, une maladie exotique ou que sais-je encore…

Jacques ironisa :

– Comme tu vois, ma chérie, ta maman sait se mettre dans tous ses états…

– En fin de compte, il a diagnostiqué une fatigue intense et un repos obligatoire de huit jours, poursuivit Jeanne, sans broncher. Quel soulagement !

– Ta mère a poussé un soupir immense et même plutôt bruyant ! précisa Jacques. Alors c'est incroyable que tu ne te souviennes ni du docteur, ni de ta mère, ma petite chérie.

– Mais je suppose que c'est normal, reprit Jeanne. Parce que tu avais visiblement besoin de sommeil. Ma poussinette, tu es arrivée ici totalement épuisée ! Comment tes professeurs ont-ils pu te laisser aller ainsi jusqu'au bout du rouleau ? D'ailleurs, Jacques, je pense toujours qu'on devrait écrire un courrier à la directrice de la danse pour dire à quel point le traitement qu'on a infligé à notre fille est inadmissible…

Dans sa tête, sans rien dire, Marie venait de faire un rapide calcul : une semaine, c'était bien au-delà de la date de l'audition. Or, elle devait à tout prix y participer le lundi suivant… autrement dit le surlendemain.

Mais elle connaissait sa mère et se doutait qu'elle résisterait à cette idée. L'instinct de protection de Jeanne Pietro risquait fort d'entraver les plans de Marie…

– Je… Je me sens beaucoup mieux maintenant, risqua-t-elle malgré tout. Je pense que je pourrai retourner à l'école lundi…

Ses parents réagirent à ce qu'elle venait de dire par un grand éclat de rire.

– Ha ! Ha ! Ha ! Vraiment, ma chérie, tu devrais te voir dans un miroir et tu comprendrais tout de suite que tu n'es en état d'aller nulle part pour l'instant, fit Jeanne. Non, mon poussin, le plus urgent pour toi est de manger et de reprendre des forces.

– Et moi, il me semble que le plus urgent serait d'arrêter de parler et de nourrir cette petite demoiselle si on ne veut pas la voir tourner à nouveau de l'œil, enchaîna son mari sur un ton amusé.

– C'est vrai, ça ! À force de parler, j'oubliais l'essentiel, ma chérie.

Jeanne tendit à Marie une chaise sur laquelle cette dernière se laissa tomber avec reconnaissance. Tout en parlant, sa mère faisait sortir des plats du four et du réfrigérateur. La table fut bientôt couverte de victuailles : charcuteries, crudités variées mais également purée de pommes de terre, courgettes en gratin, rôti de bœuf, poulet rôti, saumon mariné… et encore différents fromages, un gâteau à la crème, un autre au chocolat et une tarte. Différentes boissons apparurent également : des jus de fruits, de la limonade et même du cidre. Marie ouvrit des yeux ronds.

– Tout ça pour… Heu… Pour moi, maman ? Tu… tu es sûre ? bégaya-t-elle.

Ce n'était pas un repas mais un banquet, un véritable festin ! Jeanne Pietro avait-elle oublié le faible appétit dont faisait preuve sa fille, la plupart du temps ? Relevant la tête, Marie interrogea son père du regard, mais il n'avait pas l'air de trouver ce festin anormal.

« Suis-je la seule à trouver que quelque chose cloche ? » se demanda Marie.

Elle se pinça légèrement pour le cas où elle aurait, sans s'en rendre compte, replongé en plein sommeil…

– Le docteur m'a dit de bien te nourrir, poursuivit Jeanne. Alors laisse-moi te remplumer.

Marie n'osait pas lui dire qu'elle devait malgré tout faire attention à ce qu'elle mangeait : le saucisson ou le pâté ainsi que les gâteaux ne faisaient pas vraiment partie du régime alimentaire d'une ballerine en devenir…

Elle saisit un verre.

– Maman, heu… Je vais commencer par un peu d'eau, si tu veux bien, j'ai soif. Et puis après, je prendrais bien un peu de poulet avec de la salade de crudités.

C'est alors que l'on sonna à la porte. Après un bref échange de regards avec sa femme, Jacques se précipita pour ouvrir. Un instant après, une joyeuse bande de filles envahissait l'appartement des Pietro. Il y avait là Lou, Juliette, Marianne, Cécile, Leïla, Marie,

Ludivine, Anita, les deux inséparables sœurs Golovinoff et… Lancelot.

– Surpriiiiiise ! lancèrent-ils d'une seule voix, tout en s'élançant vers leur amie pour l'embrasser. Attaaaaaque de bisous !

Le visage de Marie s'éclaira d'un seul coup à leur vue. C'était donc ça ! Quel soulagement !

– Ah là là ! dit-elle lorsqu'elle réussit à se dégager. C'est tellement génial de vous voir ! Comment vous avez fait pour venir ?

– Oh, à vol d'oiseau, c'est rien du tout ! pouffa Émilie.

Toujours plus sérieuse que sa jumelle, Elsa ajouta :

– Bon, avec quelques stations d'autobus en plus…

– Et si tu nous avais vus dans la rue, Maïka ! Tu aurais cru à une hallucination. Tout d'un coup, on s'est amusés à danser *Singing in the Rain* tous ensemble ! fit Juliette.

– Et on chantait tous en même temps dans la rue, à tue-tête bien sûr, compléta Ludivine.

Marie croisa le regard de Lancelot et se mit à rougir. Ils avaient fait connaissance en chantant et en dansant cet air-là, lors du premier cours d'anglais de l'année de stage. Puis elle avait été sa partenaire à l'occasion du grand défilé de la fin d'année scolaire précédente. Le beau Lancelot… Un vrai danseur et le nom de code de son journal intime… Un partenaire vraiment idéal.

Troublée, elle s'empressa de revenir au moment présent.

– Maman, quand tu as commencé à sortir tous ces plats, j'ai vraiment cru que…

Jeanne se mit à rire.

– Tu as cru que j'étais tombée sur la tête, pas vrai ? Mais tu n'es pas une oie qu'on gave, ma chérie, juste mon tout petit poussin à moi, ajouta-t-elle avec tendresse.

Jacques Pietro lança à son tour un clin d'œil complice à sa fille.

– Non, ta mère n'est pas folle, rassure-toi, fit-il. Elle a la tête sur les épaules et elle sait que tu as toute une vie désormais, hors de notre foyer. Une vie de danseuse et un cercle d'amis avec lesquels tu avances et sur lesquels tu t'appuies aussi. Alors pour que tu guérisses, il faut non seulement te donner de bonnes choses à manger mais aussi faire venir tes amis pour qu'ils partagent ton repas et que vous puissiez vous amuser !

– Tes amis s'inquiétaient, ajouta Jeanne. Pendant que tu dormais, le téléphone n'a pas arrêté de sonner. Tous voulaient prendre de tes nouvelles. Alors comme le docteur a dit que tu n'étais pas contagieuse, je les ai tous invités à passer. Une chance que ce week-end ait été dédié aux retours dans les familles.

Marie n'en revenait tellement pas qu'elle ne savait plus quoi dire, mais elle était aux anges et son regard pétillant de reconnaissance parlait pour elle.

– Trop contente de te retrouver ! fit Cécile. Tu reviens quand ?

Sans lui laisser le temps de parler, Jeanne répondit à la place de sa fille :

– Pas avant jeudi prochain. Le médecin a ordonné le repos forcé et je suis bien contente de cette décision car Marie est é-pui-sée. Je vais me faire un plaisir de la garder ici en otage, bien au chaud.

– Oh non, maman, ce n'est vraiment pas la peine. Je sens que je vais déjà beaucoup mieux, protesta Marie. Si ça se trouve, je serai prête à reprendre dès lundi… Il paraît que ce n'est pas très bon d'arrêter de danser très longtemps… Il faut travailler tous les jours et…

– Pas question ! décréta sa mère avec autorité. Je ne te laisserai pas retourner trop vite dans cette école où on ne remarque pas les enfants malades et où on les met de côté à la première fièvre. Pas avant que tu sois à nouveau solide sur tes deux jambes.

Un silence suivit cette déclaration. Bien qu'ayant parfaitement compris à quoi leur amie faisait allusion, les camarades de Marie se taisaient, gênées. Quant à Marie, elle préféra baisser la tête, mais se promit de reprendre la conversation un peu plus tard.

Pendant ce temps-là, Jacques avait servi des boissons à tout le monde. Il leva alors son verre.

– Je propose qu'on porte un toast à notre petite Marie. Hip, hip, hip ?

– Hourraaa ! explosèrent tous ses amis, enthousiastes. Vive Maïka !

Les yeux brillants, Lancelot la regardait avec ce qui ressemblait à… de l'admiration ?

– Le week-end commence super bien, je trouve ! s'exclama Cécile.

* * *

– Bon, les filles… oups ! et le garçon, maintenant, à l'attaque ! déclara Jeanne Pietro. Vous avez compris le principe de ce déjeuner : chacun de vous prend une assiette et se sert de ce qu'il veut. Ensuite, vous trouvez un endroit pour vous asseoir car je ne suis pas sûre d'avoir assez de sièges pour tout le monde…

– Oh, ne vous en faites pas pour ça, on va se débrouiller ! répondit Émilie en attrapant une serviette en papier et des couverts.

Quelques instants plus tard, l'appartement des Pietro s'était transformé en une joyeuse volière dans laquelle les jeunes danseurs évoluaient avec souplesse et légèreté. Habitués aux contorsions, ils s'installèrent un peu partout à même le parquet, dans les positions parfois les plus invraisemblables – à genoux, en demi ou grand écart. Sans s'en rendre compte, elles profitaient même du moment pour travailler leurs étirements. Manger n'empêchait absolument pas de s'entraîner. Un coup d'œil attentif à la ronde laissa Jeanne Pietro songeuse. Il n'était pas difficile de se rendre compte à quel point toutes les camarades de Marie avaient changé. Elles avaient progressé en souplesse mais aussi en allure et en grâce, si bien qu'elles n'étaient plus les fillettes de l'année précédente mais des presque jeunes filles, déjà tournées, en esprit du moins, vers l'âge adulte. D'ailleurs, Marie avait changé exactement comme elles. Sa fille était plus souple certainement, ses gestes étaient plus déliés et, sans aucun doute, elle avait également grandi.

« *Mon petit poussin a changé*... pensa-t-elle, légèrement nostalgique. *Bientôt la puberté !* »

Tout au bonheur de ces retrouvailles avec ses camarades, Marie se sentait sortir véritablement du brouillard. Elle avala un grand verre de jus d'orange puis mangea avec appétit avant de déclarer, d'une voix reconnaissante :

– Vous êtes trop géniales, les filles !

Elle ajouta, en clin d'œil à Lancelot :

– Merci au représentant des danseurs dc la sixième division d'avoir osé venir seul jusqu'ici. Vive le chevalier Lancelot !

Toutes les filles applaudirent.

13

Après le repas, Lancelot encouragea chaleureusement Marie avant de s'éclipser.

– Je vous laisse entre filles, sourit-il avec gentillesse.

Restées seules, les filles allèrent toutes s'enfermer dans la chambre de Marie, laissant les adultes discuter au salon.

– Toutes dans sa petite chambre ? demanda Jacques Pietro. Comment vous allez faire, les filles ? Vous allez être serrées comme des sardines !

– Mais non, ne t'en fais pas, papa, rétorqua Marie. Ça nous plaît comme ça…

Les jeunes danseuses étaient bien peu soucieuses de se retrouver à l'étroit. Au contraire, elles trouvaient très amusant de se sentir soudain plus proches que jamais, les unes des autres. Émilie et Elsa prirent la chaise et l'unique tabouret qu'il y avait. Les autres sautèrent sur le lit ou s'assirent par terre, là où elles le pouvaient. Marie s'installa au pied de son lit. Cécile prit place sur le matelas derrière elle et, sans réfléchir, attrapa une brosse qu'elle se mit à passer dans les cheveux de son amie.

– Oh, tu vas me faire une couronne de tresses, comme tu fais parfois pour toi ?

– Heu… oui, pourquoi pas, fit Cécile en réalisant soudainement ce qu'elle était en train de faire.

– Bon… commença Marie. Vous imaginez bien ce que je vais vous demander ?

– Tu veux qu'on te parle de l'école, évidemment ! répondit Ludivine.

– Et surtout des auditions de Lavanchine, fit Émilie.

– Oui ! Oui ! Et oui ! s'exclama Marie, tout excitée. J'ai l'impression que j'ai tout raté. Vous me racontez ?

– On peut faire mieux que te raconter, proposa Elsa en se relevant. On peut te montrer. On a passé notre temps à travailler l'enchaînement durant toute la soirée d'hier, dès qu'on a su les mouvements à faire.

– Tu nous aurais vues ! gloussa Émilie. On a fait ça dans notre chambre, exactement comme ici. On était serrées comme des sardines !

– Pourquoi dans la chambre ? s'étonna Marie. Il y a des salles de travail et de répétition. Il n'y avait pas de raison…

– Si, expliqua Juliette : on ne voulait pas qu'Aurore nous voie.

– Quoi ? s'écria Marie atterrée. Aurore ? Mais je croyais qu'elle était malade !

Elsa lui répondit en grimaçant :

– En fait, elle a juste été absente un après-midi, mais hier vendredi, elle s'est pointée à nouveau… Alors, tu imagines : on ne voulait pas être avec elle. On l'a laissée avec ses copines travailler l'enchaînement dans leur coin…

Marie se mordit les lèvres et se figea quelques instants. Elle ressentait comme un bouillonnement au fond d'elle, une colère que son silence lui permettait tout juste de contrôler. Était-ce d'ailleurs de la colère ou de la jalousie ? Elle s'était réjouie de l'invalidité annoncée d'Aurore Bessier, qu'elle avait crue naturellement écartée de la compétition. Mais voilà qu'Aurore était revenue et c'est elle, Marie, qui à son tour était mise sur la touche par la fièvre. *« C'est injuste ! »* Son sang ne fit qu'un tour et aussitôt sa décision fut prise : elle irait, elle aussi, se présenter devant le maître de ballet. Car elle avait bien l'intention de lui montrer de quoi elle était capable et elle comptait bien damer le pion à sa concurrente !

– Rien à faire ! siffla-t-elle entre ses dents.

Ses amies la regardèrent se relever et se mettre debout en cinquième position, près de son lit.

– Alors ? Ça commence par quoi ? demanda-t-elle.

Ce n'était pas la première fois que Marie s'y prenait ainsi. D'ailleurs, c'était Maïka, la danseuse, et non plus la petite Marie qu'elles avaient sous les yeux. Le ton de sa voix en disait long sur sa détermination. Elles savaient que rien ni personne au monde n'arriverait à la ramener à la raison.

Ludivine se risqua innocemment à demander :

– Tu… tu n'es pas malade ?

En retour, Marie lui adressa l'un de ces sourires qu'adressent les ballerines au public, à la fin des spectacles. De ces sourires qui pouvaient être sincères, mais qui cachaient bien souvent une intense fatigue ou quelque déception secrète.

– Bon ben… Je crois qu'on va toutes s'y mettre, alors ! reprit Ludivine, éberluée.

En un instant, la petite chambre se transforma en studio de travail, les camarades de Marie lui emboîtant rapidement le pas. On libéra de l'espace en poussant le lit contre un mur. Le fauteuil et le tabouret se retrouvèrent au-dessus des draps. Elsa se plaça devant ses camarades et se prépara à effectuer les mouvements. La répétition pouvait commencer.

– Et un et deux… Et développé, croisé devant… Deux, trois… Promenade… juste un demi-tour… Poser le pied. Passer l'autre par la première position pour faire un grand rond de jambe à gauche. Cinq, six, sept. Plié jambe droite, jambe gauche posée à l'arrière. Temps lié à l'arrière… Un et deux… Temps lié… reviens devant… Un pas de face et développé en seconde avec le pied gauche. Monter sur la demi-pointe avec le droit… Terminer les deux pieds rassemblés en cinquième demi-pointe… et fondu en plié… Et retour.

Très concentrée, Marie suivait et incorporait chaque geste au fur et à mesure, même s'il ne s'agissait que de « marquer » les pas, dans un premier temps. Ses camarades la connaissaient mais elles s'étonnèrent pourtant, une nouvelle fois, de sa capacité à enregistrer aussi vite l'ensemble de l'enchaînement. Sa mémoire semblait infaillible. Elle manquait juste un peu de force, mais un spectateur non averti n'aurait sans doute pas fait la différence avec la danseuse pleine d'énergie qu'elle était lorsque la maladie ne l'accablait pas.

– Dis donc, Maïka, tu vas nous rendre jalouses ! fit Cécile pleine d'admiration.

– En tout cas, Tu-te-prends-pour-qui n'a qu'à bien se tenir, ajouta Émilie avec le même enthousiasme.

Marie souriait, enchantée de se retrouver une nouvelle fois là où elle se sentait le mieux : dans l'exécution d'un enchaînement chorégraphique qui lui donnait la sensation d'être profondément elle-même.

– Le chorégraphe a demandé de trouver une manière personnelle d'interpréter tout ça, précisa Juliette. J'imagine que ça veut dire faire quelque chose de spécial avec ses bras… mais je ne vois pas vraiment quoi.

Marie reprit son souffle en fermant les yeux. Elle allait retravailler l'enchaînement dans la soirée, puis dans la journée de dimanche. Et lundi, elle trouverait bien le moyen de retourner en cours. Non, décidément, elle ne pouvait louper cette audition pour rien au monde. Elle s'imagina arrivant devant Maître Lavanchine, en tenue règlementaire mais avec en plus un foulard vaporeux en guise d'accessoire. Elle se mettrait à en jouer, en le faisant onduler autour d'elle avec légèreté. Ce serait son joker personnel pour se faire remarquer. Aurore ne penserait sans doute pas à cela. Elle était trop bête, trop limitée, trop…

– Maïka ? Tu es avec nous ? fit soudain tout près d'elle la voix de Cécile.

Marie sursauta.

– Tu les veux, ces tresses, finalement ? Je te les fais ?

L'après-midi se termina par des gestes d'amitié tendre, Cécile coiffant Marie, Ludivine coiffant Elsa, et Juliette, Anita. Au fur et à mesure que le jour baissait à l'extérieur, les jeunes danseuses ouvraient leur cœur et se confiaient les unes aux autres, plus posément et plus intimement qu'elles ne l'avaient jamais fait jusqu'alors. Le fait de se retrouver ainsi, hors les murs de leur école de danse, contribuait sans doute à cette soudaine décompression.

Elles se racontèrent d'abord les minuscules joies et les grandes victoires personnelles qu'elles avaient connues.

– Cette semaine, dit Juliette, j'ai enfin réussi à tenir très longtemps mon attitude sur demi-pointe, au début des cours. D'habitude je n'arrivais jamais à lâcher complètement la barre…

– Génial ! la félicita Ludivine. Moi, j'ai été contente hier : je faisais des déboulés dans un couloir et là, il y a une danseuse qui est passée et qui m'a lancé un « Bravo ! ». Vu sa taille, elle avait l'air d'être au moins en deuxième ou en première division. Peut-être même membre du corps de ballet. Vous vous rendez compte ?

– Wouaaaah ! T'as eu de la chance ! fit Elsa. En général, tout ce qu'elles font, c'est nous gronder parce qu'on les empêche de passer… Comme si on encombrait le plancher !

– Ben, on est des rats ! pouffa sa sœur. On doit disparaître dans les petits trous et éviter de se faire voir.

– Dis donc, tu devais vraiment les faire super bien, tes déboulés… commenta Leïla. En général, personne ne fait jamais de compliments sur quiconque.

– Oui. Ni nos aînés en danse, ni les profs… confirma Cécile avec amertume. Alors que si on nous disait des trucs gentils de temps en temps, on ne s'en porterait pas plus mal…

Ludivine réagit :

– Si ! Si ! Ça arrive ! Vous vous rappelez l'autre jour, quand la prof d'adage m'a dit de rester après le cours ?

– Bien sûr ! réagirent les autres. Elle avait les sourcils tellement froncés…

– … qu'on a bien cru que t'allais te faire passer un savon…

– Et tu t'es fait savonner en arrivant en retard au cours suivant, ajouta Émilie. Moi aussi, on m'a grondée l'autre jour parce que j'avais aidé Marie. Manque de chance, ça m'a mise en retard. Non mais franchement ! Je ne pouvais pas être en même temps au cours et à la loge du concierge, non ?

– Exactement. Eh ben en fait, la prof d'adage, vous savez ce qu'elle m'a dit ? reprit Ludivine, ménageant son suspense.

– Elle t'a disputée ?

– Tout le contraire ! Elle m'a dit que j'avais beaucoup progressé et que c'était pas pour me complimenter mais qu'elle trouvait que c'était bien.

Cécile ironisa :

– Elle a dit : « pas pour te complimenter » et, en même temps, elle t'a fait un compliment !

– Exactement. Tu te rends compte ? Et je voyais bien qu'elle hésitait à me le faire, hein…

– C'est fou, ces profs. On dirait que ça leur brûle la bouche… Ils doivent avoir peur qu'on s'habitue ! remarqua Juliette.

Mylène se mit à rire.

– Ben oui, sinon, on risquerait de s'amollir…

Marie fit onduler son dos pour mimer ce que sa camarade venait de dire.

– Vous avez vu, les filles, je mollis déjà ! Surtout ne me faites pas de compliments parce que sinon je vais me retrouver par terre, toute fondue comme un morceau de beurre au soleil !

Comme une onde bienfaisante, un immense éclat de rire les gagna toutes à la fois. Mais quand elles reprirent leur sérieux, un silence prolongé s'installa. Sans s'en rendre compte, les jeunes danseuses s'étaient toutes mises à fixer un point devant elles, dans le vague. Aux rires succédaient en effet ces questions qu'elles se posaient sans cesse : faisaient-elles bien ? Était-ce assez ? Ces interrogations auxquelles il était rare qu'on leur donne des réponses. La plupart du temps, les professeurs demandaient toujours plus, toujours mieux et elles avaient l'impression de vivre une course permanente à la fois contre la montre et vers un but éternellement repoussé. Face au déluge permanent de critiques, chaque petit rat courbait l'échine.

– En général, fit Cécile, les profs disent : « Placez votre pied ici ! Non, ce n'est pas ce que j'ai demandé ! »

– Oui, renchérit Émilie. Et aussi : « Si vous ne savez pas danser, quittez ce cours et cette école ! Qui vous a acceptée ici ? Vous avez trouvé votre ticket par hasard dans une pochette-surprise ou quoi ? »

– Ou encore : « Aucun sens du rythme ! », ajouta Juliette.

– J'ai même entendu une prof soupirer, ajouta Leïla, dans le style : « Le jury du concours a dû se tromper… C'est pas possible ! »

Soudain, la conversation s'interrompit, laissant place à une émotion très perceptible. On entendit deux ou trois filles renifler. Une ou deux autres s'essuyèrent furtivement les yeux.

Aucune n'avait encore songé à appuyer sur l'interrupteur pour remettre un peu de lumière dans la chambre. Seule l'émotion perçait dans l'obscurité.

– C'est dur, quand même, conclut Marie avec un léger tremblement de voix. Parfois, je rêve que j'ai cours avec un vieux professeur habillé en noir, tout rond et tout affreux. Il me crie dessus et je finis par m'envoler par une fenêtre. Je vole quelque temps, puis je commence à dégringoler à toute vitesse. J'ai froid, j'ai mal, j'ai des vers qui me sortent des pieds et surtout je vois le sol qui arrive vers moi, à toute allure. Parfois je finis par tomber, je me reçois mal et je me retrouve avec une entorse à chaque cheville…

– Quelle horreur ! fit Elsa. Moi aussi, je fais des cauchemars. Je me retrouve plâtrée des pieds à la tête…

– Et moi, je ne me souviens plus de mon rôle, ajouta Émilie.

– Moi, pire : j'essaie de danser, mais je n'ai pas de tutu et je suis tout entière coincée dans la même jambe de pyjama. À la fin, je me sauve quand même, en sautillant comme je peux… renchérit Juliette.

Elles craignaient toutes aussi d'oublier de se lever le matin, de tomber malade, de perdre la vue, la voix, d'avoir les membres ankylosés ou cassés, d'être renvoyées par erreur à l'envoyeur, dans un colis postal !

– Vous vous rappelez, quand on a commencé comme stagiaires, l'année dernière ? On venait d'avoir le concours, mais mademoiselle Renucci nous a à peine félicitées. Tout ce qu'elle a dit, c'était que l'école était exigeante et qu'on allait devoir se montrer solides techniquement, physiquement et psychologiquement.

– On a beau être prévenues, on n'arrive pas toujours à le supporter… murmura Elsa.

– Le plus dur ce jour-là, reprit Marie avec un soupir, c'est quand elle a dit qu'on n'avait pas le temps pour les larmes ni pour tomber malade…

La conversation s'interrompit encore quelques instants, jusqu'à ce qu'Émilie réagisse.

– Eh ben dites donc, les filles, on a de drôles de têtes, comme ça dans le noir ! gloussa-t-elle tout à coup.

Son rire dégela soudain tout le monde. Presque au même instant, Jeanne Pietro entrebâilla la porte, intriguée.

– Désolée, les chéries, il va bientôt être l'heure de vous séparer. Mais dites-moi, qu'est-ce que vous faites dans le noir ?

– C'était une réunion de vampires ! rétorqua Émilie, du tac au tac. On se retrouve à l'audition lundi, alors ! lança-t-elle maladroitement, en se retournant vers Marie.

Le visage de Jeanne Pietro se durcit aussitôt.

– Quelle audition ? demanda-t-elle sèchement.

– Eh bien… bégaya Émilie. Heu… C'est… Le grand chorégraphe… Monsieur Lavanchine… Il nous fait auditionner lundi pour… pour une création…

– Écoute-moi bien, Marie, reprit sa mère en regardant sa fille droit dans les yeux, le médecin t'a ordonné le repos pendant huit jours.

Alors je te le dis tout net : il n'est pas question que tu retournes à l'école de danse lundi, quel que soit ton désir d'y aller. Ton père et moi sommes parfaitement d'accord là-dessus. Désolée de te faire de la peine, mais ta santé passe avant tout. Alors tu n'iras pas à cette audition. C'est notre décision et elle ne se discute pas.

Un silence de mort suivit cette déclaration. Marie sentit ses épaules s'affaisser. Sans bruit, ses amies lui murmurèrent des au revoir gênés avant d'aller enfiler leurs manteaux et écharpes dans l'entrée.

– Je te plains ! lui glissa même Cécile à l'oreille, sur un ton plein de commisération.

Émilie et Elsa quittèrent l'appartement les dernières, ennuyées elles aussi, après de brèves embrassades.

Pour Marie, la fête était finie.

14

« C'est bien connu : les parents ne comprennent jamais rien. »

Quand tout le monde fut parti, Marie se tourna vers sa mère, mais Jeanne ne la regardait pas. Jacques et elle étaient en train de remettre les meubles en place et de finir de ranger la salle à manger et la cuisine. Marie chercha le regard de son père et, finalement, elle se décida à parler, balançant d'un pied sur l'autre.

– Papa, fit-elle d'un ton suppliant, tu veux bien, toi, que je retourne à l'Opéra après-demain ? C'est pas vrai, dis… que je dois rester ici ? Je vais mieux, ça se voit. Alors, tu veux bien ?

– Oh, alors là, ma petite Marie, lui rétorqua-t-il, tu as vraiment tort de t'y prendre comme ça.

Maman et moi, nous sommes d'accord, tu sais ? Ce sera ta santé avant tout. Ils peuvent toujours proposer toutes les auditions qu'ils veulent, là-bas…

– Et n'essaie pas de monter ton père contre moi, ajouta Jeanne Pietro. Je lui ai expliqué dans quel état tu étais jeudi dernier quand je suis allée te chercher. Toute seule à grelotter dans les courants d'air. Je veux bien que la danse compte plus que tout, mais là, ils ont exagéré. J'ai confié mon enfant à cette grande maison, mais c'est à condition qu'on me la garde en forme et bien portante. Non mais regarde-toi, mon poussin ! Tu n'es pas plus grosse qu'un moineau. Je me demande bien ce qu'ils te font manger là-bas. Tu n'as presque rien pris au goûter. D'ailleurs, à part Émilie, aucune de tes amies n'a vraiment mangé non plus.

– Mais… Mais… c'est injuste ! protesta Marie. Vous ne vous rendez pas compte : je passe peut-être à côté de l'audition de ma vie !

– Qu'est-ce que tu sais de la justice, toi ? repartit Jeanne, en haussant le ton.

Marie fit mine d'insister, mais cette fois sa mère se fâcha.

– Écoute, Marie, s'écria-t-elle, je n'y connais sans doute rien à la danse, mais décidément, non et non, je continue à dire qu'une telle fatigue, après à peine quatre jours d'école, n'avait rien de normal ! Je ne te laisserai pas retourner de sitôt dans un endroit où l'on t'épuise. La danse et les auditions, c'est bien beau, mais tu ne ressortiras pas d'ici avant de t'être remplumée !

Les yeux de Marie s'embuèrent une seconde avant de briller soudain, sous l'effet de la colère. Elle pinça les lèvres et serra les poings. Pour la première fois de sa vie, elle qui avait toujours été agréable avec ses parents sentit monter en elle l'élan d'une furie. Elle traversa la pièce à grands pas, entra dans sa chambre et fit claquer la porte derrière elle, d'un geste théâtral.

Le cauchemar de la nuit suivante prit une nouvelle forme. Marie y courait à perdre haleine dans les rues de Paris, dans l'espoir de rejoindre l'Opéra. Mais les obstacles s'accumulaient sur son chemin. Les conducteurs de bus étaient en grève, pour une mystérieuse raison. Aucune ligne de métro ne fonctionnait plus et elle n'avait pas le moindre argent sur elle pour se payer un taxi. Partout des pendules pointaient l'heure, faisant défiler les minutes presque aussi vite que des secondes. La matinée filait, mais Marie voulait se donner encore une possibilité. Peut être, avec un peu de chance, l'audition serait-elle repoussée à l'après-midi. Pieds nus sur le bitume (mais où étaient donc passés ses souliers ?), elle s'efforçait de rejoindre le palais Garnier afin d'arriver à l'audition... Mais allait-elle y parvenir à temps ?

Quand elle prit conscience qu'elle se trouvait sous le toit familial, Marie retomba en arrière sur le lit. D'une main tâtonnante, elle attrapa sa montre, dans le tiroir de sa table de chevet : cinq heures du matin. Sa colère lui revint brusquement à l'esprit. Elle n'était pas ressortie de sa chambre de toute la soirée et avait même refusé de manger le bouillon de légumes que sa mère lui avait proposé. Non mais elle n'espérait tout de même pas qu'en plus elle allait lui faire des compliments sur sa soupe ! Et pourquoi pas aussi la remercier encore pour cet après-midi surprise ? *« Ah non, hein ! »* Le début avait été très réussi, mais après... Quant à son père, elle lui en voulait peut-être plus encore. Lui qui avait toujours été à ses côtés, à la fois comme parent et comme premier complice, comment pouvait-il refuser de la laisser aller lundi à l'audition ? C'était encore et toujours cette façon qu'avaient les parents de décider pour vous, sans laisser de place à la discussion.

– Si c'est comme ça, je vais faire la tête pendant plusieurs jours, prononça Marie à mi-voix, dans la pénombre.

En entendant ses propres paroles, elle se mit à réfléchir. Quelque chose sonnait faux. Était-elle vraiment encore cette fillette qui s'apprêtait à bouder en signe de résistance ? Plus vraiment. Elle le sentait confusément : elle avait grandi, mûri. Son corps entrait petit à petit dans la puberté. Ses formes changeaient doucement, mais surtout, elle se connaissait davantage et savait mieux contrôler sa fougue, de même qu'elle gérait mieux sa façon de se nourrir, allant presque instinctivement vers les aliments qui pouvaient le mieux s'accorder avec les exigences de son apprentissage. Mais cette histoire d'audition la mettait dans tous ses états. Impossible d'atténuer l'impulsion qui la poussait en avant. Pour elle, malgré sa fatigue et malgré le refus de ses parents, il n'était pas encore question de renoncer. Alors que pouvait-elle faire ? Comme un flash, une phrase lui revint à l'esprit : « Quand on veut fortement, constamment, on réussit toujours. » C'était la maxime de Napoléon que son père lui avait encadrée lorsqu'elle avait été admise comme élève-stagiaire à l'École de danse. « Napoléon, un Corse ambitieux et têtu », disait Jacques Pietro…

« Tout comme moi… » pensa Marie.

Elle tendit le bras et tira son journal de dessous son lit.

« Mon cher Lancelot, si tu savais… », commença-t-elle à écrire.

L'envie pressante d'y voir plus clair la poussait à se confier à elle-même. Peut-être les mots parviendraient-ils à l'aider ? Les yeux bien ouverts sur son cahier, éclairé à la lampe de poche, elle se mit à réfléchir à la façon dont elle pourrait contourner la décision des adultes.

On est dimanche. Il est cinq heures du matin. J'ai l'impression, comme dirait Émilie, de monter et descendre des montagnes russes. J'ai été crevée durant tout le début de la semaine. Il paraît que ce n'est rien. Le médecin dit qu'à mon âge on attrape des petits virus parce qu'on est en pleine croissance et que grandir rend un peu fragile parfois. Maintenant ça va beaucoup mieux. Hier, c'était génial quand mes copines et Lancelot – le vrai ! Ton homonyme ! – ont débarqué à la maison. Mais quand j'ai appris pour Aurore et pour l'audition, je n'ai plus eu qu'un truc en tête : je veux y participer. Demain, papa repart travailler. Reste maman… Si elle ne comprend pas que je dois à tout prix passer cette audition, c'est qu'elle ne comprend pas que je veux ab-so-lu-ment faire ce métier… Depuis mes huit ans je ne rêve que de ça… Alors que faire pour aller passer cette fameuse audition ? Tu n'aurais pas une petite idée ?

Elle s'interrompit. Elle n'avait pas encore atteint l'âge de onze ans, mais déjà elle désirait plus que tout au monde devenir membre de cette communauté extraordinaire : les danseurs ! Ce n'était pas une confrérie, elle le savait, car l'amitié entre danseuses était rare. La compétition permanente les amenait à porter très souvent un regard dur les unes sur les autres. Ce n'était pas un travail facile non plus, elle avait eu maintes fois l'occasion de le comprendre, quand, le soir, elle détendait enfin ses membres endoloris. Mais pour Marie, tout cela s'effaçait derrière quelque chose de plus important : la magie de la création et de la scène.

Christine Baussard l'a dit à notre premier cours : « Votre corps doit devenir le plus bel instrument possible au service de la danse… » Je veux jouer les notes d'une merveilleuse symphonie, tu comprends, Lancelot ? Je dois à tout prix aller montrer à monsieur Lavanchine ce dont je suis capable !

Poussée par une excitation soudaine, elle se leva et alla entrouvrir la porte de sa chambre. Aucun bruit n'émanait de l'appartement. Ses parents dormaient sans doute paisiblement.

Ne devait-elle pas profiter de ce moment pour agir ? Sur la pointe des pieds, elle se dirigea vers la cuisine. Sur le mur, près du réfrigérateur, la pendule indiquait six heures quarante-cinq. La ville s'était déjà largement mise en marche. Les métros et les bus fonctionnaient et Marie savait exactement où trouver des tickets de transport : sa mère les rangeait là, dans le tiroir de gauche du vaisselier de la cuisine. En une seconde, sa décision fut prise. Toujours sur la pointe des pieds, elle rebroussa chemin jusqu'à sa chambre. Comme dans un état second, avec des gestes précis, elle se saisit de son sac à dos et y glissa rapidement un petit nécessaire. Au fond, elle n'avait presque besoin de rien – des gants, une écharpe, son indispensable journal de bord et bien sûr une tenue de danse… Elle enfila rapidement un tee-shirt, un pull, un pantalon souple et chaud, des chaussettes. Même cela, cette escapade dans la nuit, ressemblait presque à une danse. Tout pouvait devenir une danse, si l'on regardait bien.

« Développé, croisé devant... Deux, trois... Demi-tour en promenade... Poser le pied. L'autre le rejoint en première position, puis grand rond de jambe du pied gauche... Plié jambe droite, jambe gauche posée... »

L'heure était venue pour Marie de montrer de quoi elle était capable. Dans sa tête, elle passait en revue les différents pas de l'enchaînement attendu. Un doute la traversa, qu'elle écarta aussitôt, d'un revers de la main. *« Papa et maman comprendront... »* Elle avait beau se savoir lancée dans une opération déraisonnable, elle voulait croire que ses parents comprendraient. Ils seraient d'abord furieux, c'était sûr, mais ils finiraient par comprendre... *« Quoique... maman, peut-être pas, mais papa... »* Si elle réussissait à se faire pardonner de son père, alors sa mère suivrait...

Bientôt, elle fut prête. Elle ouvrit la porte, tendit l'oreille un instant avant de se risquer à nouveau dans le couloir, puis trottina sans bruit jusqu'au vestibule. Là, elle attrapa son manteau, l'enfila rapidement et, avec toutes les précautions du monde, fit tourner la clé dans la serrure de la porte d'entrée.

Elle était sur le point de franchir le seuil lorsque la lumière s'alluma.

Marie cligna des yeux et eut un sursaut d'effroi avant de découvrir son père, debout derrière elle. Alors il dit très simplement :

– Il faut qu'on ait une petite conversation tous les deux, tu ne crois pas ?

* * *

Marie n'osait pas prononcer un seul mot. Assise dans la cuisine, elle regardait son père s'affairer à préparer du chocolat chaud.

– Le cacao… c'est bon. Tout est dans le dosage du cacao, marmonnait-il comme pour lui-même. Le lait… ça chauffe. Tout est dans le lait aussi, à vrai dire. Trop chaud, ce n'est pas bon et trop froid, idem… Voyons voir… Tout un art, vraiment, tout un art. D'ailleurs, tout est art : musique, peinture, sculpture, littérature. Et bien sûr danse !

Voilà… Et maintenant, bien remuer pour que ça donne un mélange onctueux…

Il posa bientôt deux tasses sur la table et prit place en face de sa fille. Un silence chargé de doutes planait toujours.

– Je parie que tu ne sais pas sur quel pied danser, finit par lâcher Jacques.

Sa propre formule l'amusa.

– « Sur quel pied danser » ! Elle est bien bonne, celle-là !

Son rire s'arrêta net, à nouveau remplacé par un grand silence. Marie aurait voulu se cacher derrière sa tasse ou disparaître au plus profond du liquide mousseux. Elle connaissait bien son père et ce qu'elle voyait là était sa manière la plus forte de montrer son mécontentement : une forme de colère froide qu'elle avait rarement vue, mais qu'elle redoutait par avance. C'est pourquoi ses premières paroles la décontenancèrent.

– Chérie, une passion est par nature déraisonnable, mais il faut savoir faire appel à sa raison, parfois, pour parvenir à la dompter.

C'est une chose qui s'apprend en grandissant, et tu vas apprendre, j'en suis sûr, parce que tu es en train de grandir.

Marie écarquilla les yeux. Son père ne la grondait pas ? Il ne haussait pas le ton ? Il ne se mettait pas en colère, non, il faisait appel… à sa raison.

– Dis-moi ce qui te pousse si fort à vouloir te passer de notre permission pour retourner, dans le froid et au petit jour, toute seule jusqu'à l'Opéra, reprit-il.

Marie sentit brusquement une lame de fond la traverser. D'ailleurs, était-ce une lame ou plutôt une larme, une larme immense qui la secouait et la submergeait tout à coup ? Elle éclata en sanglots.

– Oh ! papaaaa…

Elle n'aurait su dire comment il s'était retrouvé près d'elle, mais soudain il était là, tout contre elle, à peine une seconde plus tard, lui offrant son épaule pour pleurer à son aise. Que c'était bon, tout à coup, de se sentir réconfortée, comprise et protégée par son père, ainsi qu'elle l'avait au fond toujours espéré ! Là-haut, une toute nouvelle danseuse s'élevait dans le ciel, détachée de son enveloppe d'enfant qui tournoyait en rejoignant le sol. Marie se mit à expliquer, en hoquetant :

– Oh, papa… Il y a… Il y a… cette audition… très… très importante.

– Oh, ça, je l'ai bien compris, ma chérie, répondit son père, d'une voix apaisante. Mais pourquoi te paraît-elle donc si importante ?

– Un chorégraphe américain… Maître George Lavanchine… C'est lui qui va décider… quels rats il va prendre…

– Oui mais encore, chérie ? Explique-moi ce qui te tracasse à ce point. Tu viens de débuter en sixième division. Il y a encore tant et tant de ballets et de créations diverses qui t'attendent ! Pourquoi serait-il si grave de rater celle-là ? Tu auras l'occasion de participer à bien d'autres spectacles dans l'avenir, non ?

Marie secouait la tête, hoquetant toujours.

– Quoi ? C'est moi qui ne comprends pas ? insista son père.

– Je veux… Je veux danser… Je veux lui montrer…

– Bien sûr, je comprends : tu veux montrer à ton monsieur Zalan… Balan… Chivan… Bref ! Je n'y connais rien. Mais encore une fois, qu'a-t-il de plus que tous les autres qui viendront ?

– Pas lui… finit par avouer Marie dans un souffle. Pas lui ! C'est elle, Aurore Bessier. Je veux lui montrer que… lui montrer que…

Elle sanglota de plus belle. De la main, doucement, Jacques se mit à lui caresser la tête.

– Voilà, chérie… Voilà… C'est bon… Tu l'as dit. C'est sorti. Calme-toi, maintenant. On va pouvoir continuer à parler. Allez, finis ton chocolat : je ne voudrais pas qu'il refroidisse trop.

15

Quand sa fille eut avalé les dernières gouttes tièdes de son chocolat, Jacques Pietro l'entraîna par la main vers le salon. Un joli soleil de septembre commençait à éclairer la pièce. Jeanne apparut bientôt, enveloppée dans une robe de chambre rayée. À son regard interrogateur, son mari répondit en posant un index sur sa bouche.

Jeanne, complice, alla s'asseoir sur le canapé de velours, auprès de sa fille.

Jacques souleva alors le couvercle du tourne-disque, à proximité, et actionna l'appareil après avoir posé dessus une galette de vinyle noir.

– Ça fait longtemps, très longtemps, même, que nous n'avons plus écouté de la musique classique le dimanche matin, tous les trois ensemble, non ? Nous allons réparer cela. Et peut-être même qu'avec un peu de chance la grande ballerine présente aujourd'hui sous notre toit voudra bien improviser quelque chose pour nous… Qu'en dites-vous, mademoiselle ?

Marie se sentait littéralement comblée par la gentillesse de ses parents. Elle commençait à comprendre enfin que la chaleur et l'affection des siens faisaient aussi partie de son équilibre comme autant d'éléments indispensables.

– Notre fille a beaucoup progressé et beaucoup appris cette semaine, commença-t-il, à l'adresse de son épouse. D'abord, elle s'est crue capable de prendre en main tout ce qui la concernait : se servir de son corps sans presque l'écouter, fermer également les yeux et les oreilles sur ses émotions et ses difficultés. Ensuite, elle a failli croire que la colère pouvait lui servir de tremplin pour surpasser les autres et se surpasser elle-même au passage. Mais il faut apprendre aussi à renoncer parfois, à s'ouvrir aux autres, à les comprendre, à les laisser même nous dépasser si l'on est impuissant à y changer quelque chose. Gagner n'est pas toujours le plus important.

– Qu'est-ce que tu racontes ? fit Jeanne, amusée.

Son mari savait que son drôle de discours parlerait à sa fille. Il y avait, dans cette façon de s'exprimer par énigmes, une sagesse dont Marie percevait la profondeur. « S'ouvrir aux autres », « les comprendre »… « Gagner n'est pas toujours le plus important »… Elle ferma les yeux un instant. Le professeur de danse vêtu de noir dans ses cauchemars lui apparut soudain dans un semi-rêve, comme grossi par une loupe. Son visage rougeaud s'était transformé ! Ne ressemblait-il pas… Attendez… Mais si, son visage avait été remplacé par celui d'Aurore et c'était elle qui tempêtait ainsi au loin, tandis que Marie, elle, s'éloignait dans l'azur ! Quelle image invraisemblable ! Elle sourit. Son père n'avait pas utilisé le mot-clé de la directrice de la danse, mais elle aurait pu l'ajouter à ses mystérieux propos : « solidarité ». Il était temps, sans doute, d'en finir avec cette rivalité continuelle et d'essayer de voir les bons côtés de sa concurrente éternelle. Après tout, peut-être Aurore dissimulait-elle, au fond d'elle-même, des inquiétudes ou une blessure qui la rendaient agressive. *« Son aigreur vient de loin. »*

Marie se leva et plaça ses jambes en cinquième position. Les *Concertos brandebourgeois* choisis par son père se prêtaient formidablement au joli enchaînement demandé par le maître de ballet pour son audition. Ses mouvements s'appuyèrent sur le rythme régulier de la mélodie dans laquelle éclataient les cors et les hautbois. *« Développé... Demi-tour... promenade... Passage au sol en première position... Rond de jambe gauche... Plié jambe droite posée... »* Et c'est ainsi qu'au petit matin elle passa l'audition devant le public le plus réduit en nombre, mais le plus généreux du monde, le plus attentif du monde, le plus affectueux et aimant du monde !

16

Il est des moments dans la vie où les explications ne sont plus tellement nécessaires. On se comprend intuitivement, on progresse et on trouve en soi des réponses. Ou bien encore on se met à prêter plus d'attention à ce que disent ceux qui comptent, et leurs paroles prennent soudain un sens nouveau, comme si elles bénéficiaient d'un nouvel éclairage. Ce dimanche-là, il en fut ainsi pour Marie. Elle passa une journée apaisée auprès de ses parents. Le lendemain matin, au lieu de se lever pleine d'inquiétude et de rage, elle ouvrit l'œil et le referma pour s'adonner à une longue et délicieuse grasse matinée. Après tout, il n'était pas si mal de pouvoir profiter de ce repos involontaire mais si réparateur. Quand elle se leva finalement, en fin de matinée, l'audition ne représentait plus qu'une infime poussière d'étoile à la marge de ses pensées. Après tout, ses camarades pouvaient bien y aller, ainsi qu'Aurore Bessier et ses suivantes, bien sûr ! De son côté, Marie sentait qu'elle avait franchi une barrière intérieure. Elle avait fait un pas vers le meilleur d'elle-même. Peut-être, en retournant à l'école, irait-elle jusqu'à lui adresser volontairement et gentiment des salutations ? Voire prendre de ses nouvelles ?

– Bon, il ne faudrait pas exagérer ! se mit à rire Tina, quand Marie lui fit part de ses bonnes résolutions, au téléphone. Tu es sûre que tu n'es pas malade… de la tête ? Cette fille était ta pire ennemie et maintenant tu veux prendre de ses nouvelles et devenir sa copine ? Ça ne tient pas debout, ton truc…

– Tu sais, papa m'a expliqué qu'il fallait s'ouvrir aux autres… En fait, j'étais tellement jalouse d'Aurore que c'était tout ce qui comptait. Alors que la danse, c'est pas ça. Il faut déjà se sentir bien et être ouvert à l'égard des autres…

– Ouh là là, réagit Tina. Il en a des explications super, ton papa ! Moi, je suis surtout contente parce que tu vas bien manger et bien dormir. Après tu reprendras les cours en grande forme et là, Aurore Bessier et ses copines n'auront qu'à bien se tenir ! Même ton chorégraphe, là… comment il s'appelle déjà ?

– Lavanchine, George Lavanchine.

– Exactement ! Même lui, s'il te voit danser, il te remarquera.

– En fait, tu te trompes, Tina. Je vais reprendre les cours jeudi et ce sera trop tard pour participer à la création, mais l'année n'est pas terminée. En février, on fera les Démonstrations en public. Alors je monterai sur la grande scène encore une fois.

– Dis donc, quelle sagesse ! Tout n'est pas perdu, alors ? C'est magnifique !

– Oui, magnifique, comme ton cheval.

– Et sans doute comme ton Lancelot, fit Tina en manière de clin d'œil. Salut la Parisienne !

– Salut la Corse !

Quelques jours plus tard, Marie était à nouveau en forme et prête à reprendre sa place aux côtés de ses camarades. Sa semaine de repos lui avait permis non seulement de réparer ses forces, mais aussi de mûrir et de « s'assagir » au contact affectueux et si bénéfique de ses parents. Ce jeudi matin-là, très tôt, elle franchit avec fierté la porte d'entrée de l'École de danse. Très heureuse d'être de retour, elle prenait toute la mesure de son privilège : non seulement elle étudiait la danse, mais elle suivait sa scolarité au sein de l'école la plus fantastique du monde, à l'Opéra national de Paris ! Chaque fois que cette réalité revenait à sa conscience, elle devait se pincer pour y croire. Elle sentait son cœur vibrer en elle et une émotion particulière l'envahir. Oui, elle était membre de cette grande maison, certes au bas de l'échelle encore, mais membre tout de même et tout aussi pleine d'espoirs que de potentialités.

– Bonjour Maïka, lui lança brièvement la directrice adjointe en la croisant.

Selon la règle, Marie s'était écartée pour la laisser passer et s'était précipitamment fendue en une courte révérence. Mais mademoiselle Renucci marchait en étudiant un dossier manifestement important. Elle ne s'était nullement interrompue et avait à peine pris le temps de relever la tête de sa lecture.

Marie se sourit à elle-même.

« Pas de doute, je suis bien rentrée ! » pensa-t-elle, ironique.

Elle hésita à rattraper la directrice adjointe pour lui remettre la lettre qu'elle avait au fond de son sac. Jeanne Pietro avait tenu à écrire noir sur blanc ses récriminations et avait tout particulièrement insisté pour que sa fille les remette « absolument à la direction de l'école ».

– Je veux que madame Bessier et son adjointe prennent conscience de leur responsabilité, avait-elle souligné. Elles n'ont pas l'air de se rendre compte que si tu es tombée malade, c'était peut-être parce que tu n'étais pas assez entourée. Tu es peut-être une jeune danseuse, mais tu es encore une enfant, et tous les enfants danseurs ont besoin de chaleur humaine. Il n'y a pas que la discipline et les examens, dans la vie. Pas que la sévérité et l'exigence ! Quand je pense que tu es allée suivre tes cours alors que tu avais de la fièvre et que personne n'a eu l'air de s'en apercevoir ! C'est inadmissible ! Et durant toute cette semaine, hein, pas une personne de l'équipe pédagogique n'a pris la peine de passer ne serait-ce qu'un coup de téléphone pour prendre de tes nouvelles. Inadmissible, vraiment ! Si cela arrive encore une fois, je te retirerai de là. Ce sera terminé !

Marie se doutait que sa mère ne croyait pas à ses propres paroles. Terminé ce rêve incroyable ? Terminée cette passion ? Non, bien sûr. Jeanne savait que sa fille ne renoncerait pour rien au monde. Cependant, elle n'avait pas laissé à Marie la possibilité de lire la lettre, si bien que cette dernière se doutait simplement du ton véhément que sa mère avait employé. Jamais, non, jamais elle n'oserait donner à mademoiselle Renucci – et encore moins à la Grande Mademoiselle – un courrier pareil ! Ou bien, elle devrait s'attendre à voir le Cactus piquer très fort en retour…

* * *

Marie rejoignit les dortoirs en souriant. « J'adore tout ici ! » avait-elle déclaré à Tina au téléphone, le soir de la rentrée. Elle le pensait encore et plus que jamais. En progressant dans les couloirs, elle laissait sa main effleurer les murs, comme le font les enfants. « *Quelle chance j'ai d'étudier dans cette magnifique forteresse !* » L'idée de retrouver la salle de la rotonde et mademoiselle Baussard pour le premier cours de l'après-midi la remplissait de joie, tout autant que celle d'accomplir à nouveau des gestes aussi anodins que d'enfiler une tenue de danse, des chaussons neufs, un cache-cœur chaud… Nouer ses cheveux en chignon, ajouter la touche rose du bandeau. Aurore pourrait bien la regarder de travers : elle était blindée.

Elle fit tourner délicatement la poignée de sa chambre. Les jumelles dormaient encore profondément à cette heure, Elsa, abandonnée les bras ouverts dans son lit, Émilie, serrant un coussin dans son sommeil. Quel bonheur aussi de retrouver ses amies ! Marie en avait la certitude : leur belle amitié était partie pour dépasser tous les résultats de concours, tous les examens ratés et se prolongerait, comme c'était déjà le cas, bien au-delà des enjeux du palais Garnier. Elle se dirigea à tâtons jusqu'à son box, glissa son sac sous le matelas et s'assit sans bruit sur son lit, prête à attendre que le réveil sorte ses complices de leur nuit.

Elle aurait encore à patienter une vingtaine de minutes avant qu'elles ouvrent l'œil. Histoire de faire passer le temps, elle se pencha en avant pour aller tirer de son sac son précieux « Lancelot ».

– Surpriiiiise ! s'écrièrent d'une seule voix les jumelles, en lui faisant relever la tête. Tu as vraiment cru qu'on dormait ? On faisait juste semblant !

Joyeuses et excitées, elles se précipitèrent avec effusion vers leur amie, tout heureuses de reformer enfin leur trio habituel. Dans l'esprit de Marie, ce jour constituait une sorte de deuxième rentrée, mais véritable cette fois car moins chargée de craintes incontrôlées et surtout, pour elle, une rentrée où elle était bien plus en forme !

Ce fut un grand plaisir de préparer ses affaires de cours sans se tromper : elle avait les livres, les cahiers et les stylos qu'il lui fallait. Elle avait même, malgré son absence, pris le soin de se mettre à jour sur les notions à connaître, et ses exercices étaient faits.

– Comment tu te sens ? lui demanda Émilie, une légère pointe d'inquiétude dans le regard.

– Si tu me poses cette question encore une fois, s'amusa Marie, j'appelle mademoiselle Renucci et je lui demande de te coller deux heures d'étude de plus que tout le monde dans une matière que tu n'aimes pas !

17

Lorsqu'elles eurent toutes les trois repris leur sérieux après un nouveau fou rire, Marie se décida à poser la question qui la préoccupait.

– Alors ? Et l'audition ?

Elle avait attendu en vain un appel le lundi précédent avant de renoncer en voyant que le téléphone ne sonnait pas non plus pour elle les jours suivants. « Ne te laisse pas grignoter par les petites personnes et les petites choses », lui avait conseillé son père. Et en effet, petit à petit, elle avait gagné en sérénité en s'accrochant à cette idée. Cependant elle était sur le point de reprendre les cours : elle devait savoir.

Émilie lui répondit par une question qui allait droit au but :

– Tu veux savoir pour Aurore ?

Marie hocha la tête.

– Et pour nous ? demanda Elsa. Ça ne t'intéresse pas, pour nous ?

– Bien sûr que si, se rattrapa Marie en se rendant compte qu'elle l'avait sans doute un peu vexée.

– Écoute, on a toutes passé l'audition lundi dernier. C'était très bizarre et très intimidant parce qu'on ne devait pas se présenter l'une après l'autre, mais toutes en même temps. On a fait les mouvements plusieurs fois, sans musique et avec la musique. Tu te rappelles… l'enchaînement qu'on t'avait montré, dans ta chambre.

Marie le visualisait parfaitement. Elle aussi l'avait exécuté plusieurs fois chez elle, tour à tour sans musique et en musique, sur le disque de Bach avec lequel il se mariait si bien. Cet enchaînement, elle le connaissait par cœur. Elle sentit renaître une tension en elle, à l'idée qu'Aurore… Mais non, décidément non, non, il ne fallait plus se focaliser sur Aurore, mais plutôt l'oublier pour s'ouvrir à la belle personne qu'elle cachait sans doute en elle. *« Sacré papa ! »* pensa-t-elle fugacement. Certes, tout cela était bien plus facile à dire qu'à faire.

– En fait, expliqua Elsa, il nous a fait passer à l'américaine : au fur et à mesure, on le voyait se pencher à l'oreille de son assistante. Il discutait avec elle, puis on entendait un prénom ou un autre et les rats désignés devaient s'en aller…

Elle s'interrompit, le regard dans le vague.

– Et ensuite ? s'impatienta Marie. Pourquoi tu t'arrêtes ? Continue ! Dis-moi ce qui s'est passé !

– À la fin, on n'a plus été que deux sur la scène, lâcha Elsa. Seulement Aurore et moi.

– Et… alors ?

Elsa eut la gentillesse de ne pas faire durer le suspense trop longtemps.

– On ne sait toujours pas si on sera prises et, même, on ne sait toujours pas s'il a vraiment besoin de petits rats, parce qu'il paraît qu'il a tout changé dans sa création, même un danseur important dont il n'était pas content. On murmure qu'il va peut-être changer le décor, aussi. Moi, au fond, je crois que j'aimerais mieux regarder le spectacle qu'en faire partie, parce qu'il n'est vraiment pas commode, ce monsieur Lavanchine…

Marie souhaita bonne chance à sa camarade, mais n'osa pas faire plus de commentaires, même si elle espérait ardemment que son amie l'emporte sur Aurore. Les qualités de cette dernière avaient été une nouvelle fois confirmées par cette audition et, malgré ses efforts, Marie ne pouvait pas s'empêcher de s'en sentir très agacée.

* * *

Un peu plus tard, elle retrouva l'ensemble de ses camarades de classe. Beaucoup l'accueillirent avec chaleur, mais d'autres avec indifférence. Aurore avait toujours cette attitude distante et hautaine à son égard. La nièce de la directrice n'en finissait pas de jouer les stars, au centre de ses admiratrices, et face à elle la jeune danseuse sentait faiblir ses bonnes résolutions. Pourquoi tenter volontairement de « s'ouvrir » à une crâneuse pareille ? Si la « vraie Aurore » se cachait derrière cette fausse image, alors elle aurait l'occasion de la rencontrer un jour et, en attendant, elle s'efforcerait simplement de ne plus se laisser affecter par ses comportements.

Marie ne put s'empêcher de fulminer :

– Toujours la même peste !

– Tu l'as dit ! renchérit Émilie. Elle crâne ! Elle frime ! Elle se fait mousser !

– Elle se prend pour qui ? Oui, je sais, termina Marie d'un haussement d'épaules.

– Tu es vexée ? lui demanda alors finement Émilie.

– J'avoue… fit sobrement Marie.

– Oui, c'est une sacrée leçon, qu'elle ait le niveau d'Elsa, pas vrai ?

– C'est exactement ce qui m'énerve, reconnut Marie.

* * *

Durant la pause du déjeuner, cédant à la curiosité, Marie alla faire un tour discret du côté de la scène. Cette fois, cependant, elle préféra se cacher dans l'une des places de balcon qui occupaient les hauteurs de la salle. Quelle vue magnifique ! Dépourvu de ses visiteurs, le théâtre lui apparut comme sous un nouveau jour, sa forme en fer à cheval adoucie par les tentures de velours et l'éclairage adapté. Dans l'orchestre, au sixième rang, Maître Lavanchine se tenait assis, dans l'observation silencieuse d'un groupe de danseurs en pleine répétition. Mais ce qui attira le plus l'attention de Marie fut le décor, complètement transformé. Les beaux panneaux peints qu'elle avait admirés une dizaine de jours auparavant avaient en effet disparu et cédé la place à des tentures sombres et presque uniformes. Elle en croyait à peine ses yeux. Ainsi, au gré de la fantaisie d'un créateur – ou plutôt selon la force et la puissance de sa vision –, une œuvre pouvait totalement se trouver transformée ? C'était passionnant. Maître Lavanchine pouvait bien faire passer des auditions et ne retenir que deux personnes (*« Une seule, pitié, juste mon amie et pas l'autre ! »*), il était certainement aussi un être aux prises avec lui-même qui tentait d'exprimer ses idées. Même si cette recherche conduisait certainement à quelques extrêmes.

« Il faudra que je sache comment marche la scène. Il doit y avoir tout un système pas possible au-dessus, en dessous et sur les côtés pour faire apparaître les décors et les dissimuler. Ça doit être génial ! »

Sans qu'elle s'en rende compte, une nouvelle idée était en train de naître au fond d'elle : l'envie de se retrouver peut-être un jour – dans longtemps bien sûr – dans le rôle du magicien. Le chorégraphe qui, comme un metteur en scène, réinventait le spectacle que d'autres avaient créé avant lui. George Lavanchine était passé d'une idée à une autre, qui semblait n'avoir plus rien à voir avec la première. Pourtant, la musique demeurait la même et le spectacle allait porter le même nom. Le temps d'un flash, mille et une nuits traversèrent l'esprit de Marie et allèrent se loger dans un recoin caché dont elle n'avait elle-même pas encore les clés. Mais un jour, quand le temps serait venu, elle pousserait les portes nécessaires et, armée de sa grande technique et de toute sa volonté, elle se montrerait capable d'inventer et de réinventer à son tour des ballets et des formes.

18

Ce jour-là, puis durant les jours et les mois qui suivirent, Marie se dédia tout entière à ses apprentissages. Elle se lança à corps perdu dans le travail, portée par l'élan neuf de son énergie retrouvée. Son corps fortifié se modelait avec grâce. Son esprit s'ouvrait aux propositions et aux demandes des professeurs. L'année se mit à filer pour elle avec une légèreté inédite. Peu à peu, tout en suivant le rythme imposé par l'école, elle réussissait à se créer un monde à elle, dans lequel elle laissait à la marge les peurs d'autrefois, les inimitiés d'autrefois. Aurore Bessier comptait toujours, bien sûr, jalouse et imprévisible, mais elle comptait moins. Au mois de décembre, *Les Mille et Une Nuits* de George Lavanchine eurent un succès extraordinaire. Marie assista au spectacle avec ses parents, dans une loge partagée avec les jumelles et leur mère, Ludmilla Golovinoff. Aucun petit rat n'apparut dans la version finale de la chorégraphie, Elsa comme Aurore ayant finalement été supprimées.

Sur scène, les danseurs et les danseuses choisis – parmi les membres les plus éminents de la compagnie – portaient des costumes sobres qui mettaient tout particulièrement en valeur la modernité des pas qu'ils exécutaient. Ce fut un triomphe. La presse s'emballa. Le public fervent applaudit à tout rompre.

– On ne sait même plus quoi dire tellement ça nous éblouit ! s'extasia Jeanne Pietro après la représentation. Quand je pense qu'un jour tu danseras comme ça, mon poussin !

Marie et son père échangèrent des clins d'œil. La lettre du mois de septembre n'était jamais parvenue à la direction de l'école, mais il n'était plus question de la retrouver pour la transmettre.

* * *

Au mois de février, les Démonstrations de l'école de danse attirèrent des spectateurs pleins de déférence et d'admiration. Quelques minutes avant le démarrage des premières sessions, Claude Bessier en personne alla s'adresser aux différents élèves réunis dans les coulisses.

– Vous allez incarner aujourd'hui un rêve, leur dit-elle. Parmi le public présent dans la salle se trouvent de très nombreux petits garçons et petites filles pour lesquels vous représentez quelque chose de très fort. Alors soyez à la hauteur, ne les décevez pas. Pensez à chacun des mouvements de votre barre, à chacun de vos pas, à chaque mouvement de vos bras. Levez la jambe loin, ayez le regard haut. N'oubliez pas que vous êtes, chacun, une carte de visite de l'Opéra.

Lorsque la Grande Mademoiselle s'éloigna, Christine Baussard rassembla ses élèves à son tour.

– Vous connaissez cela par cœur : la barre, le milieu, l'adage… Ce sont nos gammes à nous, danseurs. Pourtant, je voudrais qu'aujourd'hui vous les exécutiez mieux que jamais. Comme si tout cela était nouveau, comme si c'était la toute première fois. Honorez la danse, mes enfants. Honorez le public qui est présent pour vous honorer aussi. Et l'air que nous respirons tous, au sein de ce théâtre, se colorera de rouge et d'or. Et un vent soufflera aussi léger qu'une flamme, aussi chaleureux que la couleur des braises au fond d'une cheminée. Renouvelez sous nos yeux la magie du théâtre. Et ainsi, lorsque vous retrouverez vos familles et moi-même dans le foyer du théâtre, nous ne serons plus vraiment dans le foyer du théâtre, mais c'est le théâtre qui sera devenu notre foyer !

Marie se sentit exaltée par ces paroles, élevée jusqu'au ciel comme la jeune fille de ses rêves, lancée vers un horizon doré. Elle entra sur scène le cœur battant, mais fière de ressentir cette émotion.

– Tu as le trac, lui avait dit Elsa lors du concours, alors qu'elle la voyait bouleversée. Tu as le trac parce que tu aimerais vraiment, vraiment, vraiment, vraiment être vue et être prise. Je me trompe ?

Elle ne se trompait pas. Marie sentait ce désir rougeoyer au fond d'elle.

Lorsque tout le monde fut bien en place à la barre, debout en première position, le pianiste commença à jouer le premier morceau d'accompagnement.

– Plié première, seconde, quatrième et cinquième. Et… un ! lança Christine Baussard d'une voix plus forte qu'à l'habitude.

Marie démarra sans hésitation, sûre d'elle. Ses muscles étaient chauds, souples, son dos, bien tenu. Ses membres lui obéissaient avec facilité, ses mouvements étaient pleins de grâce. Oui, elle le savait, elle n'avait aucun doute, cette sensation qu'elle éprouvait d'une onde de chaleur douce en elle avait un nom : « le feu sacré » !

QUIZZ

Testes tes connaissances sur Marie Pietro !

1. Comment s'appellent les parents de Marie Pietro ?

- ☐ Jack et Rose
- ☐ Jean et Jacqueline
- ☐ Jacques et Jeanne
- ☐ Julien et Julie

2. Dans quelle ville a-t-elle grandi ?

- ☐ Rouen
- ☐ Paris
- ☐ Strasbourg
- ☐ Marseille

3. De quelle danseuse a-t-elle un poster dans sa chambre ?

- ☐ Maya Plisetskaya
- ☐ Sylvie Guillem
- ☐ Noëlla Pontois
- ☐ Claude Bessy

4. Laquelle de ces indications concernant Aurore est fausse ?

☐ Elle a accusé Marie d'avoir volé son âne en peluche

☐ Elle est la nièce de la directrice

☐ Elle est la meilleure amie des jumelles Golovinoff

☐ Elle a dénoncé Marie quand elle est allée sur le toit

5. Quel est le rêve de Marie ?

☐ Devenir chorégraphe

☐ Devenir danseuse étoile

☐ Monter une troupe de danse

☐ Aller habiter en Corse

6. Quelle est la passion de Tina, la meilleure amie de Marie ?

☐ La danse

☐ Le dessin

☐ L'équitation

☐ Le bricolage

7. Quel est le surnom de la sous-directrice, mademoiselle Renucci ?

☐ Le Cactus

☐ L'Eucalyptus

☐ Le Tournesol

☐ La Pivoine

8. Comment s'intitule le premier tome de la série ?

☐ Le Pacte d'amitié

☐ Tu te prends pour qui ?

☐ En piste !

☐ Coups francs et coups fourrés

9. Où Marie a-t-elle fait la connaissance de Lancelot ?

☐ En cours d'espagnol

☐ En cours d'anglais

☐ En cours de danse moderne

☐ Dans les couloirs

10. Qui a donné à Marie le surnom de Maïka ?

☐ Jeanne Pietro

☐ Emilie Golovinoff

☐ Aurore Bessier

☐ Lancelot

Solutions

1. Les parents de Marie se prénomment Jacques et Jeanne.

2. Elle a grandi à Paris.

3. Dans l'appartement familial, Marie a accroché un grand poster de Maya Plisetskaya sur le mur de sa chambre.

4. Aurore n'est pas la meilleure amie des jumelles Golovinoff, il fallait donc cocher la troisième case ! En revanche, elle est bel et bien la nièce de la directrice et a en effet accusé Marie d'avoir volé son âne en peluche et l'a dénoncée quand elle est allée sur le toit.

5. Marie rêve de devenir danseuse étoile.

6. La plus grande passion de Tina est l'équitation.

7. Mademoiselle Renucci est surnommée « le Cactus » par certains élèves.

8. Le premier tome de la série Étoile s'intitule « En piste ! ».

9. Marie et Lancelot ont fait connaissance lors d'un cours d'anglais.

10. C'est Émilie qui a trouvé ce surnom-là.

Table des matières

Composition

PRESS·PROD

IMPRIM'VERT® PEFC 10-31-1510

Imprimé en France
par Corlet Imprimeur
14110 Condé-en-Normandie
Dépôt légal : octobre 2018
N° d'impression : 198198
ISBN : 978-2-7499-3329-0
LAF : 2416 C